시詩가 있는 뜨락

박금천 작품집

초판 발행 2014년 5월 19일
지은이 박금천
펴낸이 안창현 **펴낸곳** 코드미디어
북 디자인 Micky Ahn **편집디자인** 김도경
교정 교열 최윤성
등록 2001년 3월 7일
등록번호 제 25100-2001-5호
주소 서울시 은평구 갈현1동 419-19 1층
전화 02-6326-1402 **팩스** 02-388-1302
전자우편 codmedia@codmedia.com

ISBN 978-89-94178-93-6 03810

정가 10,000원

詩가 있는 뜨락

박금천 작품집

소박한 뒤안길
정겨운 뜨락

네 번째 작품집 「시가 있는 여정」을 출간한 지 4년이 훌쩍 지났습니다. 5년째 되는 2월 유난히 눈부신 햇살이 거실 깊숙이 들어왔습니다. 잡다한 생활을 하면서 글쓰기에 게을렀던 내 자신을 일깨워주는 밝은 햇살 같았습니다. 금년은 만 77세 되는 해로 나태함에서 벗어나 뜻있는 한해를 보내야겠다는 다짐을 하면서 작품집 발간에 마음을 모으게 되었습니다.

　점점 무디어가는 감성에 작은 불씨를 붙이고 「시가 있는 뜨락」 이란 제목을 놓고 고뇌하며 나의 삶의 흔적을 회상해 보았습니다. 소박한 뒤안길 정겨운 뜨락이 마음에 닿았습니다. 작은 뜰이지만 30여 년을 살아온 삼성동집 마당에는 수필의 주제가 되었던 「이끼 낀 여인상」이 있고 「감나무」가 있습니다. 지금은 어른이 되었지만 마당에는 사남매 아이들의 발자국이 숨어 있는 듯합니다. 추억으로 살아가는 노년의 삶이 외롭지 않고 잠시 여유를 가져보는 순간이었습니다.

　그동안 「문파문학」 계간지와 「강남문학」에 올렸던 원고, 그리고 모아온 몇 편의 글로 다섯 번째 작품집을 출간하게 되었습니다. 옷을 벗은 나목과 같이 부끄러움을 떨쳐 버리고 소소한 삶의 흔적을 모았습니다. 잠시의 여유를 가져보는 따뜻한 독자 여러분과 지금까지 격려와 사랑으로 지켜보아준 문우들과 가족에게 감사를 드립니다

2014년 봄 어느 날에 　小亭 박금천

contents

01 시
봄햇살

02 시

새벽달

contents

03 시

에메랄드 호수

04 시

대보름의 카니발

contents

05 수필
어머니의 기도

01 봄햇살

새해

2010 경인년 달력
「송하 맹호도」 속에 호랑이
용맹한 기상으로 나를 응시한다
정신이 번쩍 드는 눈동자
한올 한올 터럭을 곧게 세우고
김홍도 화백의 걸작으로 숨 쉬고 있다

동해의 푸른 물결
박차고 떠오른 태양처럼
백호의 날렵한 기상으로
어둠을 물리치고 빛으로 오소서

움츠렸던 가슴 활짝 펴고
힘찬 걸음 내 딛게 하소서
우울했던 마음 떨치고
꿈과 희망 웃음 꽃 피게 하소서

아픔의 상처 치유의 회복으로
근심과 염려 떨치고
2010년의 행진곡 속에

힘차게 달려가게 하소서

따뜻한 사랑 가슴에 안고
우리 모두 손에 손 잡고
번영하는 새해
호랑이의 행진곡 되게 하소서

눈 오는 날 1

하늘 문 열고
하얀 꽃잎이 내린다

소리 없이 춤을 추며
앙상한 나뭇가지에 내린다

천사의 날갯짓으로
누추한 쓰레기더미에도 내린다

삭막한 가슴 덮어주는 솜이불
어머니 사랑처럼 따뜻하다

말바람 불어오는 들판
여린 잎 떨고 있는 보리밭이랑
포근한 이불 덮어주는
그 사랑 못 잊어
내 마음 고향으로 달려간다

온 세상은 하얀 눈꽃으로
하나가 되고

철모르는 동심 까르르
웃음꽃으로 메아리친다

하얀 눈꽃 소리 없이 내리면
내 마음 하늘 손 잡고
하얗게 하나가 되는 꿈을 꾼다
하나가 되는 꿈을

눈 오는 날 2

나풀나풀 눈 꽃 송이
하늘에서 내려오면
얼어붙은 대지
하얀 솜이불로 덮어주고

앙상한 나뭇가지
삭막한 뜨락에
눈 꽃으로 피어있네

싸늘한 가슴에 작은 촛불 켜고
머나먼 추억의 간이역 따라
기적소리 울리는 열차를 타고
고향의 그리움 따라 달려가네
온 세상이 하얀 눈 오는 날

봄마중

창 밖 뜨락에
침묵하고 있는 나뭇가지
하루에도 몇 번씩 눈을 맞추고
목련꽃망울 부풀어 오르려나
메마른 나뭇가지 연두빛 물오르려나
봄을 기다리는 마음 설레이네

따스한 햇살 좋은 날
싸늘한 바람 불어도
얼음장 밑으로 흐르는
냇물 소리 그리워
낙엽을 밟으며 산을 찾고
스산한 공원길 걸어가네

성급한 풀 꽃잎
만날 수 있을까
마음은 벌써 봄을 찾아가네

꽃샘바람 불어도
황사바람 불어도

봄은 아기걸음으로 아장 아장
하루 이틀 지나
큰 아기 걸음으로 성큼 성큼

겨우내 움츠렸던 마음
기지개 펴고
햇살마중 가고 있네
봄마중 가고 있네

봄햇살

넓은 거실에
햇살 손님 찾아왔다
보랏빛 호접난 방실거리고
초록빛 난잎 앞 다투어 우쭐댄다

손님은 말없이 따사로운 손길로
처진 어깨 다독이고
반짝이는 눈빛으로
차가운 가슴 녹여준다

가난한 철학자 디오게네스가
세상에서 가장 즐기던
햇살 가득한 통나무집
왕의 그림자가 없는 곳
햇살 따듯한 거실에서
디오게네스 철학자가 되어본다

쏟아지는 봄 햇살
머무르던 날
가슴에 차오르는 행복한 순간
보랏빛 꽃잎이 웃고 있다

봄비

부슬 부슬 봄비 내리면
잠자던 나뭇가지 기지개 펴고
연초록 풀잎 살포시 먹음고
너훌 너훌 춤을 추네

주룩 주룩 봄비 내리면
어느새 꽃잎이 입 벌리고
우유빛 목련
노란 개나리
연분홍 진달래 방실거리네

겨우내 얼었던 내 마음
가슴을 열고
웅성거리는 산을 찾아
꽃잎 터지는 들을 찾아가네

하늘의 선물 봄비 내리면
나뭇가지의 나긋한 춤사위
생명의 몸짓
화사한 꽃잎의 향연

나를 부르는 행복한 초대장
초대장이 손짓하네

벚꽃 길을 걸으며

4월의 칼바람
잠자던 나무 흔들어 깨웠는가
어느새 벚꽃은
꽃구름으로 하늘거리네

조잘거리며 흐르는 실개천
정겨운 남산의 산책로 되어
꽃을 찾는 연인들
탄성의 메아리 울려퍼지네

뾰족이 내미는 연초록 물결
반짝이는 햇살에
찬란한 5월의 꿈 품고
수줍은 몸짓으로 손짓하네

하늘에 꽃구름 피어오르고
실바람에 흩날리는 꽃비 내리면
꽃잎 면사포 머리에 쓰고
추억의 웃음꽃 피어나네

햇살

솔잎 향기 사이로
햇살 한 줌 내려앉는다
어머니의 얼레빗처럼
성글한 햇살
마음을 쓸어 빗어준다

햇살 한 줌 풀잎에 앉으면
풀잎이 춤추고
햇살 한 줌 꽃밭에 앉으면
꽃잎이 웃는다

바닷물에 내려앉은 햇살
은빛으로 춤춘다
무거운 어깨에 내려앉은 햇살
따뜻한 애무
상한 마음 살며시 미소 짓는다

4월이 되면

까칠했던 나뭇가지가
마구 흔드는 바람 속에서
잠을 깨고 있다

낙엽만 날리던 뜰에
따듯한 햇살이 소근댄다

음산했던 뜰에
앙증스러운 야생화
노랑 빨강 분홍 꽃잎이 나풀댄다

꽃시장 나들이의 선물
꽃잔디 베고니아 이태리 봉선화
꽃을 심는 손놀림이 바쁘다

4월이 되면
작은 뜰에 봄기운이 가득하다

5월의 뜨락

아침 이슬로 세수한 뜨락
연초록 물결이
수줍은 듯 하늘거리고
연분홍 연산홍 꽃잎
눈부신 손짓에 솟구치는 연정
그대 있음에 행복하여라

담장 밑에 주목나무
꽃잎보다 더 고운 연두 잎 입에 물고
님을 만난 신부처럼
하늘 보고 미소짓고
귤빛 햇살 머무는 곳마다
생명의 숨소리 탄성의 메아리
정겨운 나의 뜨락
행복의 뜨락이어라

6월의 뜨락

반짝이는 감나무 잎 사이로
숨바꼭질 하듯
바람이 일렁이고
따스한 햇살로
세수한 초록의 얼굴
단장한 여인처럼 미소 짓네요

자색 모란 꽃잎을 열어
녹색 뜨락에 불 밝히고
빨간 베고니아 꽃잎
여인의 입술처럼 앙증스러워
6월의 뜨락에 취하네요

먼 옛날 그때를 추억하며
파란 하늘 하얀 구름 따라
어느새
어머니의 뒷모습 아른거리는
오색 채송화 방끗 웃는
고향 뜨락에 서 있네요

아카시아 향기

달콤한 내음
촉촉한 향기
성장한 여인의 향으로
가슴에 파고든다

어설픈 몸매
겹겹이 쌓인 서러움
한은 진액으로
불꽃처럼 풍기는구나

우유빛으로 성장한 너의 모습
오월의 여인으로
지나는 행인의 발걸음을 잡는구나

향기 따라 벌이 날아들고
연인의 발걸음도
오월의 향기 잡으려고
조바심으로 가슴앓이 하고 있다
가슴이 저리도록.....

소년상

웃음 띤 얼굴로 하늘을 바라본다
파란 하늘 하얀 구름
먼 산에 아지랑이
힘차게 나르는 새들의 날개 짓
모두가 신비한 꿈의 세계다

커다란 고무신
풍성한 무명바지
포만의 배
두 손을 뒤로 잡은
순박하고 당당한 모습
그의 꿈은 무엇일까

먼 옛날의 철부지 아이
커다란 꿈을 품은 소년
행복한 웃음
그 속에서 님의 모습 찾아본다

무명 조각가
장인의 손길 따라 다듬어진

화강암의 매끄러운 얼굴

만져보고 쓰다듬고

다시 보고 싶은 소년상이여

소녀상

수줍은 듯 왼손으로 입을 가리고
오른 손으로 치마를 보듬고 서있다
뒤로 곱게 맨 풍성한 머리
통통한 얼굴에 미소가 흐른다

멀지 않은 곳에 소년상
하늘을 바라보고 서 있다
오빠와 누이동생의 어울림일까

먼 옛날 소녀시절의 추억 아련하고
바라보면 티 없는 기쁨 웃음이 절로난다
고향집 마당에 서 있는 너
너를 보고 싶어 나는 고향집으로 달려간다

천천히 –조각공원에서

서두르지 않고
꿈틀 꿈틀
굼벵이의 몸짓이다

온 몸을 다해
쉬지 않고 조금씩 조금씩
더듬이를 곤추 세운
필사의 모습이다

가다가 장애물에 걸리면
온 몸을 던져
굼벵이도 재주를 넘는다
상한 몸 일으켜 다시
목표를 향해 또 간다

어느날
화려한 변신
날개를 핀 나방이
화려한 꿈을 펼치고
하늘을 난다

님의 자화상일까?
서두르지 않는 몸짓

새벽달

남산 고을에서 -입주 축시

600년의 도읍지 수도 서울
묵묵히 지켜온 남산
여름에는 초록빛 녹음으로
우리의 정겨운 쉼터였어라

남산 고을 끝자락
서울도성이 장엄하게 펼쳐진 곳
숭례문과 서울역사
서울의 나이테로 눈앞에 차오르네

남산으로 향한 정 그리워하며
그곳에 삶의 둥지로 안착하였으니
철따라 남산자락이 펼쳐지네
가을에는 오색 단풍으로
겨울에는 눈꽃 설화로 마음 설레이네

반세기를 도성 안에서
믿음과 근면으로 살아오신 김창열 장로님
남산 자락에 새둥지 입주를 축하합니다
남산의 정기 흠뻑 받으며
행복하시고 만수무강 하소서

은혜

구비 구비 산모롱이 걸어온 길
때로 어둡고 힘들었을 때
손잡아 주시던 손길
좋으신 아버지
참 나의 아버지셨네요

미련한 나에게 깨우쳐 주시고
나약한 믿음에 긍휼을 베풀어
은혜의 끈으로 묶어 주셨네요

지나간 발걸음 자국마다
아버지 사랑과 은혜
푸른 풀밭에 누이시고
쉴 만한 물가로 인도 하셨네요

감사의 눈물 흘립니다
값없이 베풀어주신 은혜
자비의 손길 참 은혜였네요

기도

알고 지은 죄 모르고 지은 죄
눈물로 회개합니다
거짓의 옷 벗고
참 진리 정직의 옷을 입고
은혜의 주님 가슴에 모십니다
내 힘만으로 살 수 없는 연약함을 고백합니다

사랑의 주님
오늘 내가 있음은
주님의 사랑의 인도하심이었습니다
감사와 찬양으로 살기 원합니다

오늘도 새날을 허락하신 주님
주님과 동행하며 주님의 영광을 나타나게 하소서
항상 기뻐하며 쉬지 말고 기도하며
범사에 감사하게 하소서

그이와 함께 걷는 길 −오누마 호수에서

섬과 섬 사이
손잡고 있는 다리
숲과 숲 사이
숨어 있는 작은 호수들
새들도 잠자는 듯
호젓한 산책길을 걷는다

조금은 차가워진
그이의 손을 잡고
체온을 나누며 걷는다

정겨운 말 없어도
가슴이 차오르고
휘청이는 발길
든든한 지팡이를 잡은 듯
힘을 얻는다

그이와 함께 걷는 길
호수의 물결
잔잔히 찰싹이고

우유 빛 안개구름처럼
밀려오는 옛 추억의 밀어
이것이 행복이려니
그이와 함께 걷는다

낙조

하루 일을 마치고
산마루 넘어 가는 고갯길
지친 몸 달래려
농주 한잔 마셨는가

취기에 물든
너의 얼굴
홍시처럼 해맑아라

삭막한 내 가슴
장미 빛 물들고
미풍에 사그라질까
불꽃 심지 돋운다

먼 옛날 그리움
초연의 수줍음으로 피어오르고
서둘러 떠나는 너
흔들리는 가슴으로 서럽다

물

낮은 곳이 좋아 자꾸
낮은 곳으로만 가는 너
가다 보면 쉴 곳 있다고
더위에 지쳐 물안개로 피어오르면
파란 하늘에 흰 구름으로 날기도 하지

북풍 찬 서리에 대지가 움츠리면
발길을 멈추고
반짝이는 보석되어
빙판을 찾는 아이들은 재잘거리는
한겨울 웃음소리 불러오지

따사로운 햇살
사랑으로 너를 감싸면
너는 다시 낮은 곳으로 흘러
비늘같이 반짝이는 호수
잔잔한 강물에서 만나
사랑으로 하나 되지--사랑으로 하나 되지

섬

파도의 울음 소리로 태어나서
낮에는 햇님
밤에는 달님
때로는 별님의 사랑으로
외롭지 않았지

성난 먹구름이 몰아치면
풍랑의 회초리가 살을 찢어
앙상한 뼈대로 발돋움하고
망망한 바다만 바라보았지

갈매기 찾아와 울어 주던 날
생명의 씨앗 떨어지고
둥지 만들어 안식하였지

생명의 심지를 돋우어
식어 가는 심장에 불을 켜면
꺼져 가는 호흡은 큰 한숨 몰아쉬고
구원의 등불 되었지

민들레

이끼 낀 돌계단 틈
발길 비껴가는 보도블록 사이
노란 얼굴 내민 너는
정녕 겸손으로 이 땅에 태어났구나

성자 예수님
나실 곳 없어
작은 말구유에서 탄생한 것처럼

개나리 진달래 벗꽃
봄꽃의 축제가 무르익어
세상을 흔들고 간 뒤
외롭고 쓸쓸한 곳 찾아
그렇게
조심스레 수줍은 듯
노란 얼굴 내밀고
작은 바람으로 웃고 있구나

아무도 반기는 이 없어도
그저 행복해 보이는

앙증스러운 자태여

가녀린 목대를 곧게 세운 너
오로지 황금 햇살에 입 맞추면
생명의 씨앗 훨훨 날아
낮은 곳 찾아 다시
겸손으로 꽃 피울 너는 아름답구나
너는 아름답구나

까치밥

앙상한 가지
싸늘한 바람
찬 서리도 모른 채
초겨울 하늘을 수놓고 있다

지난날 추억
가슴에 품고
발그레 달아오른 얼굴
삭막한 창공에서
진액을 풍긴다

허기진 까치
철없는 참새 떼가 몰려와
겨울 잔치 벌이도록
그렇게
마지막까지 제 몸
주고 가는 감나무
나목의 아름다움이여

성탄의 추억

"메리크리스마스"
사랑의 인사
따끈한 감주로 맞아주는
어머니 같은 집사님
주름진 얼굴의 미소가 그리워진다

젊음의 훈기로
밤을 새우고
이 마을에서 저 마을로
"고요한 밤 거룩한 밤---"
"기쁘다 구주 오셨네---"
새벽송이 울려 퍼진다

절망에서 희망
슬픔에서 기쁨
분쟁에서 평화
죽음에서 생명
기쁜 소식, 복된 소식
전하고 전하는 발길 따라
여명이 밝아오는 새벽
성탄의 추억이다

부활

잠자던 대지에 생명이 깨어난다
산마다 파란 물결이 부풀어 오르고
꽃잎이 입 벌리고 웃고 있다

날마다 무덤을 향해 걸어가던 나
절망 속에서
사월의 바람으로
부활의 소망이 나를 잡는다

동그란 계란 속에 생명처럼
무덤에 잠자던 성자
내가 여기에 있다
제자들에게 손을 내 밀었다

잠자던 대지
생명의 옷으로 갈아입고
절망중에 소망을 주신 예수님
부활의 찬미
사월의 바람 속에 메아리친다
연분홍 꽃바람으로 메아리친다

첫사랑

까만 밤
반짝이는 별이 손짓하던 날
내일의 두려움으로 떨고
싸늘한 갈바람이
외로움으로 가슴 젖을 때
밤하늘을 가르는 유성이었네

가슴을 태우는
뜨거운 섬광
잠시 스쳐간 추억의 조각만이
반짝이는 별이 되었네

먼 훗날
침묵하는 별빛을 보고
가슴을 애이는
차가운 섬광
그리움이 되고
흘러간 강물이 되었네

새벽달

모두가 잠이 든 새벽
달빛으로 잠이 깨었다

아무도 보아주지 않는 하현
가는 길이 서러워 움츠렸을까
여윈 얼굴로 나를 찾는다

나는 네가 있어 외롭지 않다
마지막 정열을 뽑아내는
은빛으로 가슴 적신다

심장에 모닥불 피우고
작은 속삭임으로 편지를 쓴다

有り明けの月

皆がまった早朝
月の光りで眠が 覚めた

誰も見てくれない有り明けの月
行く道が哀しくてすくめたのか
やせた顔で私を訪ねる

私はおまえがいるから寂しくない
最後の情熱をめ上げて
輝く銀色で胸にしみる

焚き火に心臓をあて
ささやきながら手紙を書く

세다가이분학관 탐방에서 낭송한 시

별같이 빛나리

들길 같은 평화
햇살 같은 정의를 지키기 위해
지구촌 끝까지 달려온 발걸음
장한 이름 UN 참전 용사여
피로 물든 6.25의 참상속에
총탄에 쓰러진 꽃송이
육탄에 찢어진 영혼이여
차마 잊을까
신화된 그 이름
하늘에 별이 되었네

반세기를 넘어선 흔적
사선을 넘어선 당신의 사랑
UN용사의 눈빛은
별같이 빛나고
해같이 뜨거운 검으로
평화를 지키는 수호신 되었네

Shine Like Stars

To keep peace like a path through forest
To keep righteousness that is like sunbeams
They, the brave U.N. soldiers, ran to the end
of the earth
In the horribly bloody scene of 6.25.

The buds were fallen by bullets
The sprits were torn by the same.
How could they be forgotten!
Names of heroic deaths became stars in the sky

Tracing over half a century
Your love despite death
The glitter of U.N. soldiers' eyes shine like stars
You became a guardian deity
With a hot sword like the sun.

한국동란 참전 용사들에게 드리는 시 모음집,
〈그대, 자유를 안은 넓은 가슴에는〉 중에서

섬진강

금빛 햇살에
반짝이는 파란 물결
경상도와 전라도를 아우르며
유유히 흐르고 있다

하동포구 팔십리
굽이굽이 돌고 돌아
시원한 백사장에
님의 발자국 숨겨 놓고
싸한 봄바람으로 흐느낀다

꽃 소식 메아리
매화꽃 향기 따라 울려 퍼지고
인심 좋은 아낙네 웃음소리
화계장터가 손짓한다

경상도와 전라도
사랑을 아우르는
남도 대교가 손잡고 있다

에메랄드 호수

비너스 –조각공원에서

생명력이 넘치는 가슴
풍만한 둔부의 여인
긴 머리 날리며 비상하듯
하늘을 응시하고 있다

비너스의 변신
그의 앞에 서면
미소가 번진다
미워할 수 없는 연민이 솟구친다

세월의 때가 만들어낸
곱지 않은 여인상
강인한 어머니
아니
정겨운 어머니
아니 아니
내 모습 자화상일까?
하늘을 보고 비상하려는 비너스의 몸짓

레이크 루이스 -카나다 록키에서

영국 왕실의 자랑
빅토리아 여왕은
록키의 장엄한 산
빅토리아산으로 위엄을 자랑하고
그의 딸 루이스 공주는
에메랄드빛 호수로 태어났다

아름다운 공주 루이스
신비의 호수를 만났을 때
장엄한 자연 록키의 꽃
레이크 루이스로 태어났다

광대한 원시림 속에
보석처럼 숨어있는 레이크 루이스
유네스코가 정한 10대 절경의 하나
호수 뒤에 우람한 빅토리아 산
계절 따라 변하는 호수 빛의 연출
보는 이의 발걸음을 잡고
탄성의 메아리 가슴에 차오른다

만년설이 녹아내린
투명한 물가에서
조약돌 만져보는 손끝이
가슴까지 져려오고
환상의 호텔 샤토 레이크 루이스
머물고 싶은 꿈속의 집
한폭의 그림으로 서있다

에메랄드 호수 -카나다 록키에서

모진 설한의 아픔 가슴으로 녹여
우유빛 에메랄드로 태어나고
장엄한 록키의 혼이
숨 쉬고 있는 에메랄드 호수
파란 하늘을 품고
하얀 구름을 띄우고
잔잔한 바람으로 일렁인다

늘 푸른 삼나무 숲
병풍처럼 둘러앉아
아늑한 연인의 방이 되고
님과 함께 노를 젓는 조각배
하늘도 땅도 시샘할까
두려움으로 흔들린다

어머니의 품속 같은 파도
추억의 밀어 숨겨놓고
흐르는 시간 속에
에메랄드 빛을 따라 물들어간다

코끼리와 함께 −치앙마이에서

신전의 기둥과 같은 네 개의 다리와 긴 코
초가집 지붕과 같은 육중한 몸집
너풀너풀 부채질하는 커다란 귀
연민의 정을 느끼게 하는 물기어린 작은 눈
코끼리는 왜소한 목동 앞에
순한 양이 되어있다

높직한 등 러브체어에
나는 아들과 함께 조심스레 앉았다
목에는 목동이 채찍을 들고 앉아
코끼리 행진에 왕좌가 된다

뒤뚱뒤뚱 발길 따라 언덕을 올라간다
코끼리 행진곡이 들리는 듯하다
하늘에는 구름 땅에는 파란 나무 잎이 잡힐 듯하다
비탈길 오르는 코끼리
무거운 몸 무거운 짐으로 숨 가쁘다

코끼리야 미안하다
코끼리야 미안하다

거친 등을 만져보며 입속으로 외쳐본다
수수깡 뭉치 바나나 몇 개
커다란 입속으로 넣어준다
힘을 내라 코끼리야 코끼리야

황산에서 -중국

케이블카에 몸을 싣고
해발 1600m까지 올랐다
구비 구비 황산의 장엄함
탄성의 메아리 허공을 울려도
아름다운 운해만
춤사위로 소리 없이 화답한다

욕심을 내어 한 발자국 한 발자국
가쁜 숨 몰아쉬며
황산의 제2고봉 1860m 광명정光明頂에 올랐다
답답했던 가슴을 열고
부질없던 삶의 고뇌 내려놓는다

황산은 침묵으로 말한다
욕심도 미움도 떨쳐버리고
햇빛 따라 바람 따라 다듬어진
기암괴석의 봉우리처럼
장엄한 소나무처럼
가벼운 마음 가슴에 품고 살라 한다

조심조심 세상을 향해
내려가야 하는 발길
황산은 그렇게
가벼운 마음 가슴에 품고 살라 한다

전주 한옥마을에서

하늘을 품고
땅을 안은 한옥마을
물길 따라 바람 따라 걸어간다
은행나무길, 술도가길, 오목대길
정겨운 낮은 담장 골목길을 걷는다

옛 추억의 숨바꼭질
술래가 되어 몸을 감추고
밥 먹으라 부르는 엄마의 소리 들리는 듯하다

전주 전통한지원에서
섬세한 한지 공예품을 만난다
수줍은 듯 웃고 있는 한지 옷을 입은 여인
내실의 정겨운 장식장 작은 장신구들
은은한 멋으로 발길을 잡는다

삶의 여유와 풍류가 흐르고
판소리의 멋과 해학으로 미소가 번진다
담 너머로 흥겨운 가락이 흘러
길 가던 나그네 어깨춤도 있을 듯하다

담양 고을

남도 따라 담양으로 가는 길
곳곳마다 붉게 타오르는 백일홍
짙푸른 녹음 속에서 그 빛은 더욱 빛나
빛바랜 가슴 물들게 하는구나

무등산 자락을 바라보며
굽이굽이 넘어가는 골짜기
조선시대 사림士林들 누정樓亭을 세우고
가사 문학을 담론하고 창출하였으니
송강 정철의 성산별곡, 관동별곡, 사미인곡, 속미인곡
문학사의 꽃이 되었네

숨어 있는 누정 소쇄원, 식영정, 환벽당
경치 좋고 전망 좋은 자연 속에서
삶의 고단함 떨쳐버리고
사상, 문학, 현실 정치의 모순과 대안을 논하였으리

가사 문학의 진수를 품고 있는 담양고을
대나무 숲을 걸으며
기행가사, 유배가사, 규방가사의 흔적

음미하고 곱씹으며
곧은 절개 늘 푸른 대나무 가슴으로 품는다

설봉공원 1

고향 가는 길
이천시 우편 설봉산 기슭
반짝이는 설봉호를 가슴에 품고 있는 공원
아무리 바빠도 잠시 머물고 싶은 곳
고향 맞이 쉼터다

오월의 실록이 하늘거리고
연산홍 꽃잎이 눈부시다
호수가 정자에 발을 멈춘다
세상의 모든 시름 내려놓고
새처럼 가벼운 마음으로
파란 하늘 하얀 구름처럼 날아본다

여기 저기 풍요롭게 서 있는 조형물
야외 조각공원에서
「비너스」상의 풍만함
「천천히」상의 굼벵이가 꿈틀거리는 모양
그 이름 따라 웃음짓는다
그의 닮은 모습 찾아본다

설봉공원 2

고향 맞이 쉼터 설봉공원
시월의 단풍잎이 하늘거리고
은행잎 금빛으로 눈부시다

단아한 시비공원 –문학 동산–에서
문학사에 잊을 수 없는 시를 만난다

– 한 송이 국화꽃을 피우기 위해
봄부터 소쩍새는 그렇게 울었나보다 –

–서정주 시 「국화 옆에서」 중에서

시상에 잠겨본다
고향의 누님을 생각하며

– 죽는 날까지 하늘을 우러러
한 점 부끄럼 없기를
잎새에 이는 바람에도
나는 괴로워했다
별을 노래하는 마음으로 –

–윤동주 시 「서시」 중에서

29세 짧은 생애를 일본 땅 감옥에서
사망한 윤동주 시인의 애국정신
민족의 수난기에 처절한 슬픔을 어이 잊을까

– 오늘도 신비의 샘인 하루를 맞는다
이 하루는 저 강물의 한 방울이
어느 산골짝 옹달샘에 이어져 있고
아득한 푸른 바다에 이어져 있듯
우리의 미래와 현세가 하나다
이렇듯 나의 오늘은 영원 속에 이어져
바로 시방 나는 그 영원을 살고 있다 –

—구상 시인의 시 「오늘」 중에서

영원에 합당한 삶
마음이 가난한 삶
마음을 비운 삶을 살아야 한다는
숭고한 신앙정신에 경의를 느낀다

비자림에서 −제주

누구의 손길로 씨앗을 틔웠을까
2700여 그루의 비자림 군락지여
새까만 화산암 사이사이에 둥지를 틀고
300년에서 800년 세월
울창한 숲을 이루어
탄성 탄성 행인들의 감성을 흔드는구나

비가 오면 풍성한 먹거리
해와 달로 따듯한 이불되어 살았으리
세찬 바람도 친구 삼아
그렇게 장성했구나

너를 찾는 행인들
답답한 숨 몰아쉬고
생기를 불어넣는다
하늘을 수놓은 비자림 숲
하늘을 바라보면 고향이 보이고
싸한 바람 소리 귓가를 맴돌아
나의 발길을 잡는구나

소양강 댐에서

ITX 청춘열차
처음 타보는 이층 열차를 타고
춘천으로 달린다
반세기의 우정으로 맺어진 대학 동문들
정겨운 웃음꽃으로
70분간의 달리는 열차기행이 짧게만 느껴진다

따사로운 햇살과 4월의 꽃바람이
품속으로 안기는 화창한 날
소양강댐 벚꽃길에서
산수화같은 풍경을 바라보며 걷는다
흙과 돌로 만든 높이 123m 거대한 사력댐
530m의 제방길을 걷는다
멀리 바라보이는 팔각정도 오른다

소양호의 잔잔한 물결과 함께
구름 한 점 없는 파란 하늘
삼면에 펼쳐진 연초록의 산
연분홍 진달래가 수놓고있다
움츠렸던 가슴 활짝 펴고 맑은 향기 마셔본다

햇살로 따듯해진 제방길 쉼터마루에 잠시 다리를 펴고
쉬어본다
하늘과 산 호수 모두 내 것이다
우정의 대화가 자연과 함께 물결친다
――해 저문 소양강에 황혼이 지면――
생각나는 노래 소양강처녀 흥얼거려본다

양평으로 가는 길

연초록 물결 하늘거리는 5월
맑은 물 넘쳐흐르는 남한강 물결 따라
양평으로 가는 길
연산홍 꽃잎 하늘거리고
아카시야 향기 따라 발길 재촉하네

호수가 주목나무
꽃잎보다 더 고운 초록잎 입에 물고
님을 만난 신부처럼 하늘보고 웃음짓고
주홍빛 햇살 머무는 곳마다
생명의 숨소리
탄성으로 울려오네

회색빛 도성에서 달려온 성도들
옛 고향 그리며 가슴을 열고
창조주 하나님 지으신 세계 찬양하네
이곳 쉼터 양평팬션
웃음꽃이 피어나고
경영하시는 박 집사님
무궁한 발전하시기를 기원하네
하나님께 영광 돌리는 기업되기를 기원하네

정선으로 가는 길

높고 파란 하늘
빨강 노랑 황토빛의
색동옷 입은 낙엽의 춤사위
떠나는 아쉬움의 몸짓이런가
싸한 바람으로 춤을 춥니다

굽이굽이 산을 넘어온 길
오색의 양탄자를 펼쳐놓은
시월의 수채화
가슴에서 터지는 탄성의 메아리
골짜기마다 울려 퍼집니다

백두대간의 정기 여울져 흐르는
정선으로 가는 길은
아우라지 뱃길 노 젓는 뱃사공
구성진 정선아라랑 가락이 들리는 듯합니다

정선 5일장

정선 아리랑 구성진 가락이 울려 퍼지고
햇살 먹은 먹거리 넘쳐 흐른다
곤드레밥, 감자옹심이, 콧등치기국수, 메밀총떡
인심 좋은 아낙네의 웃음 소리와 함께
어느새 포만감으로 행복하다

장터 공연장에서 떡메 치는 소리
각설이 분장을 한 엿장수 가위질 소리
줄타기, 마술쑈, 품바공연
흥겨운 어깨춤이 흥을 돋운다

빛 바랜 흑백 영상 속에
별처럼 빛나는 추억
세월의 무게 뒤로하고
정선 5일장의 하루 잊었던 향수 달래본다

해변의 교향곡 –쏠비치 리조트에서

잠시 고막이 막힐 듯한 울림
숨 가쁜 미시령 고개를 넘는다
오른 손에 잡힐 듯한
신비롭고 장엄한 울산바위
눈앞에 펼쳐지고
창조주 하나님의 걸작
탄성으로 찬사를 보낸다

파란 하늘 수평선
동해의 푸른 파도 철석이는 해변
풍요로운 시야가 가슴에 차오른다

검푸른 해송 이어지는 솔밭 사이
붉은색 기와의 하얀집
스페인 풍의 쏠비치리조트
여행객의 발길을 잡는다

리조트 해변 전용산책길
바르셀로나 구엘 공원의 가우디의 작품
타일 벤치를 옮겨놓은 듯한

오색타일 의자에 앉아
유럽 여행의 추억 회상해본다

검은 바위에 부서지는
파란 물결의 하얀 포말
차르르 철석 차르르——
해변의 교향곡으로 마음 설렌다

04 대보름의 카니발

손잡고 걷는 길

때로는 멀리서
때로는 가까이서
바라보는 눈빛이 있어 기뻤습니다
높은 곳을 바라보는 소망의 눈빛
낮은 곳을 살펴보는 겸손의 눈빛
그분의 뜻을 따르려는 믿음이 있어
어둠이 사라지고 눈부셨습니다

어느날 소란한 거리에서
어느날 텅 빈 광장에서
손잡고 걷는 길
닫힌 마음 어루만지는 손길
그 분이 있어
구름 사이 무지개 피어오르고
마음의 창 환히 밝아졌습니다

그 분과 함께 하는 우리들
오늘도 그 분은 말씀하십니다
메시아 그리스도 그 분의 이야기
성탄의 기쁨이 충만한 계절의 울림소리

우리의 차가운 마음속에
따듯한 선물로 기쁨이 넘칩니다

그리운 발자국

눈보라가 몰아치고
회색빛 하늘
가슴을 조이던 날
외로움과 추위에 떨며
옷깃을 여미던 날
그대는 소리 없이
따스한 햇살이 되었지

함박눈 포근히 내리고
온 천지는
풍성한 꽃 잔치
쓰레기 더미에도
하얀 꽃 피고
상처난 가슴에도
눈꽃으로 덮어주었지

떡가루처럼 하얀 거리
크리스마스케롤 울려퍼지고
오색의 네온 반짝이는
추억의 명동길

적막한 돌담길
모두가 정겨운 발자국
먼 옛날 그리운 발자국
추억의 발자국 이었으리

낙엽길을 걸으며

찬란한 추억의 흔적
갈 길을 재촉하는 빨간 단풍잎
떠나기 아쉬운 듯 파르르 떨고 있다

장엄한 느티나무
한해살이 나이테를 남기고
싸늘한 바람에 갈색 낙엽 흩날리며
손들고 침묵하고 있다

산과 돌 자연이 숨쉬는 화양계곡
병풍처럼 둘러선
한 폭의 동양화를 바라보며
바스락 바스락 낙엽 길을 걷는다

발걸음 따라 낙엽의 애무
애처로운 몸짓
바스락 바스락
잔잔히 멀어져가는 생명의 소리
소진하는 생명의 소리 듣는다

대학로 카페에서

희망과 젊음의 물결이
역동하는 거리
음악의 선율 따라
커피향의 유혹 따라
노년의 발걸음 멈춘다

옛 추억의 영상 속에
처졌던 어깨 힘을 얻고
나이를 잊은 수줍은 미소
아쉬운 시간 잡으려고
라테커피 한 잔에
시인의 마음을 풀어
한 모금 마시고 또 마신다

예술의 정기 넘쳐흐르는
대학가 카페에
잠간 머물러
잡힐 듯한 이상 따라
고뇌하는 시름 떨쳐버리고
반짝이는 창작 예술의 영상 따라

희망으로 태어나리

먼 훗날 하나의 추억으로
가슴에 새겨지는 카페
머물고 싶은 둥지여라

하모니카 연주

강남의 중심
씨니어 프라쟈
노년의 쉼터
추억의 한마당 잔치 열렸네

세월의 나이테 벗어놓고
곱게 단장한 할머니 할아버지
하얀 브라우스 연분홍 머플라가 눈부시고

귀에 익은 하모니카 소리
사랑의 메아리 청춘의 메아리
웃음꽃 피어나고
추억의 메아리 넘치네

그리움

노랗게 물든 은행잎
하늘 끝 맴돌아
지나는 행인의 어깨
살포시 내려 앉아
지난날 그리움 흔들어 깨운다

바쁘게 달려온 먼길
뒤 돌아 보고
멀어져가는 추억의 실마리
빨간 단풍잎으로 날아와
오색 꽃길 펼쳐 놓고

떠나는 아쉬움의 흔적
행인의 발걸음 따라
추억의 그리움으로 수놓는다

시월이 가기 전에

싸한 바람에
옷을 벗은 감나무
알알이 홍시로 익어가면
시월의 마지막 날
떠나는 서러움 달래려
산으로 들로 그리움 찾아 헤맨다

먼 산에 수놓은 오색의 수채화
노랗게 물든 은행나무
황토 빛으로 치장한 느티나무
장엄한 단풍 길을 걷는다

북풍 찬서리 오기 전에
찬란한 시월의 풍경
한껏 마시고
마음에 담아
가슴이 터지도록
영혼을 흔들어
감동의 느낌표 새기어보리
느낌 ! 표 새기어 보리

시월의 여인

갈색머리 출렁이는 갈대밭 길
아쉬운 시간 속으로 걸어간다
싸한 바람에 옷깃을 여며도
스며드는 옛 추억 가슴 벅차다

분홍빛 눈부신 코스모스 들길
연인의 손짓으로 찬란하다
머리에 꽃잎을 달고
빨간 꽃잎에 사랑의 입술을 느껴보지만
허전한 그리움으로 가슴 저리다

노란 은행잎 떨어지는 가로수길
은발의 여인 걸어간다
은행잎 모자 쓰고
시월의 사랑과 아픔을 회상하며 걷는다

싸한 바람에도 따듯한 햇살이
허전한 어깨를 감싸주고
황금 햇살 옷 입은 여인
시월이 가기 전에 걷고 또 걸어간다

자화상

고희를 넘어
산마루 넘어가는 고갯길
지친 몸 달래려
쉬어가는 길목
노을에 물든 언덕에서
삭막한 내 가슴
장밋빛 물들고
황혼 길에 오색실 풀어 놓았네

돋보기를 쓰고 펜을 든 할머니
꽃을 따라 들길을 헤매고
어설픈 시 한 수 걸어놓고
문학의 산책길을 걸어가는 길
꽃향에 취한 벌의 날갯짓에
들꽃이 방긋 웃고
풀잎에 맺힌 이슬
보석처럼 반짝이네

눈부시게 반짝이는 5월의 신록 속에
뒤뚱거리는 노파의 뒷모습

모두 모두 할머니라 부르지만
나 항상 하나님 앞에 기도하며
사랑 받는 어린아이로 살고 싶네

성묘

금빛 햇살 내 몸을 감싸고
상큼한 바람 머릿결에 머물러 주던 날
풍성한 추석의 정경
대지를 흔들어 메아리칩니다

피붙이 동기
서원했던 아쉬운 정 나누며
송편과 햇과일 꾸러미 들고
성묫길 나섭니다

주름진 얼굴에 정겨운 미소
부드러운 목소리 그리워
사그라져가는 추억 되새기며
산촌리 고향 유택으로 갑니다

아들 손자 며느리 왔습니다
춥지도 않고 배고프지도 않고
하늘의 빛을 따르며 살고 있습니다
우리 가족 모두 하나가 되어
행복하게 살겠습니다
부모님 하늘나라에서 편히 쉬세요

대보름의 카니발

섣달 그믐의 아쉬움
네온싸인의 밤길을 헤매고
마지막 달의 허전한 속풀이
웅성거리는 군중의 물결에 띄워 보냈다
시간은 칠흑 같은 밤을 통해
새로운 광명으로 우리를 설레게 했다

희망으로 해맞이 떠나는 이들
나잇살 짚어지고
욕망의 포만감이 차오른다
한 해의 액을 떨치고
소원 성취 염원하는
달맞이 쥐불놀이
정월 보름의 카니발이다

찹쌀 콩 팥 수수 좁쌀
감미로운 오곡밥
고사리 도라지 시레기 토란대 호박오가리.....
아홉 가지 나물의 향연
먹고 또 먹고

단단한 호두 잣 밤 부럼으로 깨물고

한해살이 지고 갈
버거운 짐 생각하며
새 해를 향한 마지막 축제
대보름의 카니발 취기로 달래본다

한 송이 꽃이었던 그대들 -천안함 피격받던 날

그날 그 시간 3월 26일 밤 9시 22분
얼음보다 차가운 바다 속
굉음과 함께 허리가 잘린 천안함이여
천지는 파랗게 질려 숨을 멈추고
어인 일인가
땅은 솟구치고 하늘은 광풍으로 울었어라

흑암의 깊은 바다 속
살 속을 파고드는 영하의 물결
3월의 잔인함
한 송이 꽃이었던 그대들
피지 못한 꽃들로 떨어지던 날
오 —— 46용사의 영혼이여
어찌 이런 일이
침묵하는 영정 앞에
눈물의 물결 흐르고 또 흐릅니다

보기에도 아까운 그대들의 모습
자랑스런 용사의 영혼이여
그대들의 꿈과 희망

조국의 평화를 위해
꽃으로 떨어진 용사들의 함성
영원히 영원히 잊지을 수 없어라

민족의 영웅 46용사여
사랑하는 가족 어머니, 아내, 아들, 딸
눈물로 보내드리는 길
분하고 서러운 마음 가슴에 새기고
잡은 손 놓아드려야만 하는군요
먼 훗날 그곳에서 만날 날을 고대합니다
이제는 모든 짐 내려놓고 편히 쉬소서
민족의 수호신 되소서 수호신 되어 주소서

竹堂 80 생신을 맞아 –남편 80생일 기념

남쪽의 봄소식 들려오는 계절
민족의 수난의 일제 강점기 1933년 3월
물 맑은 들이 펼쳐진 마을 죽당리 초가집 농가에
장로님은 첫 아들의 기쁜 소식으로 오셨습니다

가난한 농가에 태어난 님은 소년시절
칠남매 장남의 무거운 책임 묵묵히 감당하며
근면으로 일하고 배우며 살아오셨습니다

현실과 이상에서 고뇌하던
20대 청년시절 님은 십자가의 영상을 바라보며
주님의 부르심의 소명을 받고
하나님의 자녀가 되었으니
그 은혜 주님의 은총이었읍니다

〈눈물을 뿌리며 씨를 뿌리는 자는 기쁨으로 단을 거두리라
                                   −시편 156장 5절〉
주님의 말씀 따라 근면으로 씨를 뿌리고 심었으니
하나님은 풍성하게 자라게 하셨고
2남 2녀의 9 손자녀 19식구 대가족으로 번성케 하셨습니다

늘 푸른 소나무처럼 곳곳한 대나무처럼 살아오신 세월

죽당님의 팔순 생신 축하합니다

온가족이 장로님 할아버지 사랑합니다

금혼을 맞으며

들국화 향이 그리워지는 계절
낙엽이 날리는 들길을 헤메고
잡히지 않는 이상과 꿈의 현실을 안타까워하며
고향의 그리움이 차오르던 날
가을 햇살 따사로움처럼
님은 나의 고향으로 찾아오셨습니다

아지랑이 꿈 속에
설레는 가슴으로 떨고
가시밭에 백합처럼
조심스레 걸어온 길
어설픈 사랑으로 눈물짓기도 하고
넘치는 사랑의 결실에 기뻐하기도 하였지요

서투른 홀로서기 보금자리
우리의 가는 길에는
이른 비와 늦은 비를 내려주시는
주님이 함께하셨네요
꿈길 같은 반세기 금혼의 축복
풍성한 열매를 주셨으니

아버지 하나님께 감사와 찬양드립니다

「여호와는 나의 목자시니 내게 부족함이 없으리로다」

시편 23편을 묵상합니다

하늘의 별빛으로 –정진경 목사님을 추모하며

흐르는 강물에 반짝이는 햇살
나의 가슴 흔들고 간
소중한 인연들의 영상인가
바람처럼 사라진 다정한 숨결
흑백영상의 미소
허공을 울리는 익숙한 목소리 가슴을 적십니다

며칠 전 정겨운 전화 목소리
아직도 귓가에 울리는데
미소 짓는 영정 앞에
한 송이 국화꽃을 드리며
모든 사람에게 겸손과 사랑으로 품어주고
희망과 용기를 주셨던 큰 자리에서
바람처럼 사라진 님
이슬 맺힌 눈으로 바라봅니다

보내드리기엔 너무 아쉬운
연민의 정 달래려고
소망의 끈을 잡고 눈물을 삼키며
천국의 개선가를 불러 봅니다

흐르는 강물에 반짝이는 햇살

소중한 인연은

하늘의 별빛으로 반짝입니다

05 어머니의 기도

한파 속의 작은 여유

성탄의 절기에 걸맞은 흰 눈이 날리고 먼 산에 설경과 도심공원에도 아름다운 눈꽃이 메말랐던 가슴에 풍요를 느끼게 한다. 그러나 현대를 살아가는 도시생활에서 아름다운 정서만 느끼기엔 너무 짧은 순간으로 아쉬움이 크다. 연일 계속되는 영하10도 이하의 한파로 도로가 얼어 교통문제가 생기고 농촌에서도 농가의 시설 피해가 따른다는 뉴스가 시간마다 들리고 있다. 비닐하우스 안에 딸기가 얼고 녹색 야채가 성장을 멈추고 있다고 한다. 눈과 한파에 대한 원망과 불평의 소리다.

나는 잠시 1950년대 한국전쟁 직후 여중,고시절을 회상해본다. 외투도 없이 교복을 걸치고 칼바람을 맞으며 만원버스나 전차를 타고 아니면 걸어서 통학을 할때 얼마나 추웠는지 손발이 얼어 동상으로 고통스럽기도 했다. 그러나 찬밥덩이를 녹여 먹으면서도 한반에 70명이나 되는 조밀한 교실은 학구열로 뜨거웠다. 책 구하기가 쉽지 않았기에 어쩌다 어설픈 문학지나 참고서를 손에 잡으면 책장이 닳도록 읽고 또 읽었다.

의식주 생활이 조악했던 그 때를 생각하면 지금 우리의 생활은 너무 풍요롭게 살고 있다. 날씨가 추워도 대중교통수단인 버스나 지하철 안에 난방이 잘되어 있고 시장을 가도 따듯한 환경에서 쇼핑을 즐길 수 있다. 또 주거생활의 발전으로 일반 서민들도 난방시설이 잘된 집에서 생활하고 있다.

나는 30년이 넘게 아이들과 함께 살아온 단독주택에서 남편과 함께 노년의 생활을 하고 있다. 현대 감각으로 지은 아파트나 새 집으로 이사 가고 싶은 마음도 있었지만 그동안 살아온 정 때문에 이사 가는 용기를 내지 못하고 약간의 수리를 해가며 살고 있다. 아이들이 모두 떠난 넓은 집은 나에게 분에 넘치는 호사를 하는 것 같기도 하다.

추운 겨울 특히 요사이같이 눈이 오고 한파가 계속되는 계절이면 외출을 삼가고 집에서 있을 때가 많다. 답답하고 무료한 생활이라 할 수도 있지만 나는 혼자 있는 이 시간을 즐기는 편이다. 집안의 잡다한 일을 하면서 라디오에서 흘러나오는 클래식 F.M을 잘 듣는다. 나의 일에 방해 없이 흘러나오는 잔잔한 음악이다.

귀에 익은 비발디 사계 바이올린 협주곡이 흘러나오면 한겨울 농장의 벽난로가 생각나고 또 봄의 활기가 느껴진다. 연이어 그리그의「페르퀸트」조곡 중 아침이 흘러나온다. 십여년 전 노르웨이 여행 중 노르웨이의 제2의 도시 베르겐에서 포석이 깔린 길을 걷기도 했다. 과거와 현재가 조화된 아름다운 도시, 해안가 작가의 생가에서 보았던 소박한 작곡실이 떠오른다. 국민음악가 그리그는 이 음악에서 조용한 아침에 태양이 떠오르는 것을 묘사한 것이라 한다

내가 좋아하는 T.V프로가 있다. 아침의 가사 일을 대강 정리하고 8시30분 K.B.S「아침마당」을 시청한다. 나는 이 프로를 통해 세상사는 정보도 듣고 내가 가까이하기에는 어려운 분들의 수준 높은 강의도 들으며 나의 견문을 넓히는 데 도움을 받는다.

저녁 5시 40분「세상은 넓다」방송프로를 시청하려고 노력한다. 요즈음 해외여행을 자주 하지 못하는 것에 대한 대체로 내가 갈 수 없는 곳을 영상으로 보며 여행하는 기쁨을 느껴보는 것이다.

십여년 전 여행했던 뉴질랜드 남섬 밀포드싸운드 협곡을 다시 찾아가는 것이다. 만년빙하가 살아 숨쉬는 남섬의 자연 속을 트래킹하는 여행객이 되고 거리가 멀고 쉽게 갈 수 없었던 아프리카, 인도, 멕시코, 아일랜드, 오지까지 영상으로 체험해본다.

T.V프로「6시 내고향」, 「한국기행」을 보면서 대한민국의 아름다운 자연에 감탄하고 기회가 되면 국내 여행을 해보겠다는 다짐을 한다. 온 천지가 눈꽃으로 반짝이는 한라산의 풍경을 영상으로 바라보며 감격하고 추억 속의 여행을 다시 느껴보는 것이다.

눈보라가 휘몰아치고 한파가 계속되는 요즈음 무리한 자동차 운행을 하고 제철을 모르는 먹거리를 먹겠다고 지나친 욕심을 부리는 우리의 삶을 생각해 본다. 계절에 순응하며 눈썰매를 즐기는 아이들의 활기찬 웃음소리가 들리는 듯하다. 한파 속의 작은 여유를 즐겨보리라. 동지를 지난 햇살은 날마다 길어지고 머지않아 남쪽의 봄소식이 우리의 귓전을 울릴것이기에.

고정관념

1995년 미 서북부에 위치한 씨에틀에 머물렀을 때 일이다. 그곳에서 작은 양식당을 운영하는 교포 가족과 같은 교회 성도 몇 사람과 조개를 잡을 수 있는 해변가에 피크닉을 갔다. 무더운 여름 9인승 승용차를 타고 경쾌하게 하이웨이를 달리며 대 자연의 울창한 숲과 호수를 일행과 함께 보며 즐거운 시간을 보냈다. 그런데 일정을 마치고 돌아오는 길에 차가 펑크가 났는지 승용차가 정차하고 말았다. 차를 운전하지만 차에 대한 상식이 없는 여자 집사님은 어찌 할 바를 모르고 하이웨이에서 발을 구르고 있었다. 지금과 같이 핸드폰도 없던 막막한 순간 미국인 차가 앞에 정차했다. 미국인은 5, 6세쯤 되는 어린 딸을 데리고 운전하던 긴 머리를 뒤로 묶은 노랑머리 청년이었다.

차 뒤 트렁크에서 스페어 타이어를 찾아내고 한참 동안 뜨거운 아스팔트길, 차 밑에 누워서 땀을 뻘뻘 흘리며 차를 수리해 주었다. 무더운 차에서 기다리는 딸도 착하게 한 시간 가까이 기다려 주었다. 우리는 너무 고맙고 미안한 마음으로 댕큐 댕큐 하며 약간의 수고비를 조심스럽게 건넸다. 그러나 당연한 일을 했다는 듯이 한사코 받지 않고 가버렸다.

나는 미국 사회에 문제가 많다고 하지만 이렇게 천사 같은 사람이 있구나 하고 감격했다. 나는 그때까지만 해도 남자가 머리를 기르고 여자처럼 치장한 사람은 건달처럼 놀기나 하는 사람으로 생각하고 있었다. 나의 고정 관념이 얼마나 잘못된 생각이란 것을 깨닫게 되었다. 피부색이 다른 외국 사람에게 선을 베풀어준 그 사람, 나의 일생의 잊지 못할 한 편의 그림으로 내 머리에 각인되었다.

미국 사회는 다양한 인종과 자유가 넘쳐 문제가 많이 발생하는 나라다. 따라서 범죄와 사고가 많고 불안하다고 한다. 그래도 세계를 이끌어 가야 하는 선진국의 자리를 지키는 것은 미국인 속에 숨어있는 청교도 정신을 갖은 사람들이 있기 때문이라 생각한다. 보이지 않는 곳곳에 생명의 씨앗처럼 사회를 이끌어가는 천사 같은 사람들이 있는 것이다. 뜻하지 않은 천재지변으로 지구촌에 난민이 발생했을 때도 인종을 초월하여 그들을 제일 먼저 도와주고 때에 따라 이민까지도 받아들이는 데 앞장서는 나라가 미국인 것이다.

우리가 살아가면서 자기의 편견을 강한 주장으로 상대를 제압하려는 모습을 많이 보게 된다. 우리나라와 같이 작은 나라에서도 지역에 대한 부정적인 생각, 또 세대 간의 사고의 격차에서 오는 불협화음이 있다. 몇 년 전 부산에 갔을 때 일이다. 어느 작은 분식점에서 주인아주머니와 잠시 대화를 하면서 몇 년을 사귀인 듯한 친근감을 느꼈다. "또 오세요 예" 경상도 특유의 사투리가 너무 애교스럽고 멀게만 느껴졌던 타지역 사람들의 특성에 매력을 느끼게 되었다.

호남지방의 전주나 광주 여행 중 고고한 민족 자아의식을 볼 수 있었다. 무등산의 정기와 전주 한옥마을의 소박하고 고고한 정경에 매혹되기도 했다. 비빔밥을 비롯하여 맛깔스런 음식 문화를 지키는 지방 특색에 호감을 갖게 되었다. 멀게만 느껴졌던 타 지역

사람들의 특성을 좋아하게 되었다

나는 나이를 더해가며 젊은 세대에 대한 부정적인 고정관념은 없었는지 생각해 본다. 청바지를 입은 젊은이들에게서 번득이는 재치와 미래에 대한 역동하는 힘도 볼 수 있지 않았을까. 세대차를 느끼는 나의 생각은 내가 그들을 이해하지 못하는 편견에서 오는 것은 아닐까.

1월 말경 지인들과 제주 여행에 갔을 때 일이다. 14명 단체로 여행사의 안내를 받아 저가 항공을 이용하게 되었다. 처음에는 항공사에 대한 불안도 있었지만 탑승하면서 항공사에 대한 신뢰를 갖게 되었다. 우선 승무원의 발랄한 옷차림, 청바지와 티셔츠가 잘 어울리고 운동모를 쓴 날렵한 옷차림에서 경쾌함을 느낄 수 있었다. 짧은 타이트 정장 승무원의 고정관념에서 벗어난 옷차림이었다. 경제적인 면에서도 절약할 수 있는 유니폼으로 써비스하는 모습이 호감을 주었다.

가끔 T.V를 통하여 다문화 가족들의 사는 모습을 보게된다. 동남아를 비롯하여 러시아 멀리 남미에서 우리나라 농촌으로 시집 와서 농촌의 열악한 환경에서도 헌신적으로 가족을 사랑하며 열심히 살아가는 모습에 감동했다. 피부색 언어 모든 것이 다른 그들의 사랑 이야기는 세계가 하나로 살아가는 우리들의 현실이 되고 있다. 단일민족의 완고한 자아의식의 고정관념도 점차 빛을 바래가는 것 같다.

한때 긴 머리를 묶은 노랑머리 청년을 불량한 사람으로 생각했던 나의 생각에 부끄러움을 느낀다. 외모로 모든 것을 판단했던 고정관념, 내 자신의 무지와 편견이었음을 깨달아 가고 있다.

다시 가고 싶은 카멜리아 힐 -동백 올레

1983년 여름 제주도로 가족여행을 갔었다. 비행기도 처음 타보는 가슴 설레는 여름휴가 여행이었다. 한 시간도 못 되는 탑승시간이었지만 창밖에 넓은 창공에 펼쳐진 운해를 바라보며 얼마나 감격했던가. 또 제주공항 착륙 직전 기내에서 내려다본 바다와 섬의 아름다움에 탄성이 절로 나왔다.

제주 공항에 착륙한 우리가 공항버스를 타고 서귀포로 가는 길은 이국적인 야자수 가로수가 즐비하고 유도화의 진분홍 꽃이 우리를 반기는 듯 했다. 좁은 국토를 가진 대한민국에 이렇게 아름다운 섬 제주도가 있다는 것이 신비스럽게 느껴졌고 고국에 대한 자부심도 생겼다.

그 후 천혜의 자연환경을 가진 제주도를 좋아하며 몇 년에 한번씩은 즐겨 찾으며 섬 일주를 하고 관광을 했다. 여러 번 섬을 돌아보며 단조로운 여행코스에 불만도 있었지만 깨끗한 자연환경과 이국적인 풍경에 끌려 다시 찾곤 했다. 그런데 몇 년 전부터 제주도 올레(길)가 개발되면서 새로운 관광 명소로 각광을 받고 있음이 알려졌고 꼭 가보고 싶은 곳으로 기회를 기다리고 있었다.

올레는 제주의 방언으로 큰길에서 집 대문으로 통하는 골목길을 뜻하는 오솔길, 숨은 길이란 의미가 있다고 한다. 제주의 속살을 들여다볼 수 있는 옛길이다. 지난 1월 말경 교회 원로장로님들과 가족동반으로 제주 여행을 하게 되었다. 안내자의 인도에 따라 여러 관광지를 둘러보고 바다를 낀 올레(길)와 동백 올레, 카멜리아 힐을 걷게 되었다.

카멜리아 힐로 알려진 올레는 남쪽 멀리 수평선에 떠 있는 마라도가 바라보이고 뒤로는 한라산을 품은 언덕 위에 가꾸어진 동백 언덕이었다. 현대인의 각박한 삶을 좀 더 여유롭게 즐기고 자연과 함께하는 올레를 한 시간 정도 체험할 수 있는 곳이 카멜리아 힐이었다. 개인의 소유인 이곳은 28년 동안 잘 가꾸어온 자연 속의 휴식처였다.

테마별로 야생화 올레, 유럽 올레, 홍가시나무 올레, 후박나무 올레 등 새소리 바람소리를 들을 수 있는 올레가 있다. 또 희귀 동백 500여종이 식재되어 있는 국내 최대의 동백 명원이다. 올레 외에도 수류정에서 바라볼 수있는 보순연지, 약수가 쏟아지는 작은 폭포 , 자연석으로 이루어진 생태연못, 마음의 정원, 만남의 광장, 그리고 전통가옥과 팬션, 갤러리, 카페등 즐거운 체험을 할 수 있는 곳이 많았다. 조금 더 머물고 싶은 곳이었다.

한 시간의 카멜리아 힐 산책은 제주도 전체의 아름다움을 농축하여 보여주는 진미가 있다. 장엄한 한라산의 정기를 천연 자연석에서 볼 수 있었고 암반수가 흐르는 물길에서 제주의 생명수가 일렁이고 있었다.

1995년 남편과 함께 처음이자 마지막이 된 한라산 등반을 기억해 본다. 멀리서 보기에 단조롭게 보이는 한라산, 해발 1000m 고지, 영실에서부터 시작한 산행이었다. 왕복 4시간 이면 할 수 있다고 생각한 출발이었다.

완만한 경사로 1시간 이상 산행 했을 때 환상적인 산자락 풍광에 탄성이 절로 나왔다. 부잣집 정원에 잘 다듬어진 주목나무를

연상케 하는 연초록 물결이 눈부신 햇살에 반짝이고 있었다. 바람과 햇빛 눈과 비로 다듬어진 걸작의 주목나무와 연산홍 꽃이 장관을 이루고 있었다. 태초의 에덴동산이 이렇게 아름다웠을까. 정상에 오른 기쁨으로 탄성이 절로 나왔다.

더 머물고 싶은 유혹을 뒤로하고 정상의 신비로운 분화구를 바라보고 서둘러 하산해야 했다. 별안간 안개구름이 앞을 가리고 해가 저물어 가는 것을 느끼며 잠시 길을 잃을까 두렵기도 했다. 우리의 등반 속도가 늦어 다른 등반객들보다 늦게 정상에 오른 것이 실수였던 것을 느끼며 서둘러 안개 속으로 길을 찾아 하산한 잊을 수 없던 한라산 등반이었다.

오늘 카멜리아 힐 올레길에서 16년전 한라산 등반을 체험하는 추억을 되새기고 있다. 자연을 훼손하지 않으면서 바쁘게 살아가는 현대인들에게 좀더 여유를 즐길 수 있는 올레가 되고 있다. 한라산의 정기를 품고 사계절의 변화와 촉촉한 향기를 느낄 수 있는 곳, 카멜리아 힐 다시 가고 싶은 곳이다.

친환경으로 지은 목조팬션에서 에어콘 없는 여름을 보내고 싶다. 또 벽난로에 장작을 피우는 겨울을 색다른 낭만으로 체험해 보고 싶다. 영화 닥터지바고에서 보았던 눈보라 치는 황량한 러시아의 풍경을 그려보는 문학의 세계에 잠겨볼 수도 있을 것 같다. 동백꽃이 앞을 다투어 피어나는 계절, 3월의 찬바람 속에서도 윤기 흐르는 초록 이파리와 핏빛으로 순정을 쏟아내는 꽃잎으로 메마른 가슴에 편지를 쓰고 싶다.

진분홍 입술 뾰족이 내밀은

님의 볼 끝에 입 맞추는 수줍은 만남이었습니다

메마른 가슴 활짝 열고

불타는 가슴 님의 품에 안겨봅니다

초록색 환희 속에 피보다 진한 동백꽃 순정

먼 옛날 초연의 설레임이었습니다

詩 「카멜리아(Camellia)」 전문

시가 있는 뜨락

산촌리 고향집 농원에는 아담한 뜰이 있다. 앞뒤에 논과 밭이 어우러져 있고 농수용 연못도 수련과 함께 운치를 더해준다. 30여 년전 농원을 중심으로 벽돌집을 짓고 부모님을 모셨던 곳 고향 마을이다. 경기도 이천은 나와 남편의 고향마을이기도 하다. 같은 초등학교 4년 선배인 남편과의 인연으로 더욱 친근하게 느껴지는 마을이다.

복잡한 도시생활에서 벗어나고 싶을 때, 마음이 허허로울 때 고향의 뜨락으로 달려간다. 부담 없이 불쑥 찾아갈 수 있어 좋다. 옛 이야기가 여기 저기 숨어 있는 그 곳으로 간다. 고향집 마당에는 시등단 기념시비 「생명」이 있고 70생일 기념시비 「능소화」가 화강암시비로 서 있다.

오월의 파란 하늘은
생명의 붓으로
그림을 그린다

눈이 닿는 곳
어디든지
초록빛 물감을 펼치고
생명을 불어넣는다

오색의 꽃망울 터져 나오면
생명의 내음
무심한 발걸음 잡아본다

생명의 신비를 위해
어디선가
나비가 날아들고
꿀을 찾는 벌과 입맞춘다

-시 「생명」 전문-

　　오월의 초록빛 생명의 경이로움을 노래하고 있다. 자연 속에서
헤아릴수 없는 생명들 미세한 벌들까지 생명탄생에 큰 몫을 담당
하는 모습은 하늘 높은 곳에서 시작된 생명의 법칙에 순응하는 것
이리라

한낮에 졸음 올까
고목에 등불 켜고
귤빛 호롱이
줄줄이 불 밝히네

수줍은 새아씨
초롱이 꽃망울 들고
흐드러진 다섯 꽃잎 펼쳐
하늘하늘 땀을 씻네

앞가슴 살짝 드러낸
성장한 신부
안기고 싶은 여인
머물고 싶은 고향이어라

-시 「능소화」 전문-

질리도록 파란 물결이 넘치는 유월 하순 능소화는 귤빛 호롱처럼 환하게 정원을 밝히고 있다. 화려하면서도 기품 있고 나무에 늘어진 모양으로 결코 오만하지 않으면서 귀족적이다. 커다란 다섯 꽃잎은 넉넉함과 풍요를 느끼게 한다. 장마와 무더위 속에서도 화사한 모습으로 열기를 뿜으며 나로 하여금 시상에 잠기게 한다

웃음 띤 얼굴로 하늘을 바라본다
파란 하늘 하얀 구름
먼 산에 아지랑이
힘차게 나르는 새들의 날개 짓
모두가 신비한 꿈의 세계다

커다란 고무신
풍성한 무명바지 포만의 배
두 손을 뒤로 잡은
순박하고 당당한 모습
그의 꿈은 무엇일까

-시 「소년상」 중에서-

수줍은 듯 왼손으로 입을 가리고
오른 손으로 치마를 보듬고 서있다
뒤로 곱게 맨 풍성한 머리
통통한 얼굴에 미소가 흐른다

멀지 않은 곳에 소년상
하늘을 바라보고 서 있다
오빠와 누이동생의 어울림일까

−시「소녀상」중에서−

　잔디 마당에 소년상과 소녀상이 있다. 소년상과 소녀상을 바라
보면 오빠와 누이동생의 어울림으로 먼 옛날 소녀시절의 추억이
아련하다. 가벼운 미소와 함께 시상에 잠긴다. 메말랐던 감성에
불을 켜고 정겨운 추억 속으로 빠지게 된다.

　윤이상 작곡가는 자신이 작곡한 음악이 고향 통영에서 낮에는
밭에서 김을 매며 부르는 노래, 밤에는 바다에서 듣던 어부의 노
래 그리고 하늘에 가득한 별을 보고 생각하며 썼다고 했다. 이처
럼 고향은 정서적인 재산으로 새로운 힘을 주는 것 같다. 오래된
친구를 만나는 기쁨과도 같다.

　명절 때나 부모님 기일이 되면 뜨락이 있는 고향으로 달려간다.
한 시간 반의 자동차 드라이브도 가라앉은 마음을 상쾌하게 한다.
추억과 그리움의 보따리가 있는 고향으로 가면 왠지 모르게 마음
이 편안해지고 부자가 된 여유로움을 느낀다. 두 개의 시비와 소
년상과 소녀상이 있는 뜨락은 나를 반기는 듯하다

고향의 뜨락에는 5월의 파란 생명의 축제가 있고, 한여름에도 주홍빛 능소화가 성장한 여인처럼 웃고 있는 모습이 있다. 또 10월의 단풍과 함께 황금빛 들력의 풍성함과 한겨울 소복이 눈 덮인 장독대의 정겨운 모습이 나를 부르는 연인이 된다. 계절의 변화를 가슴으로 느끼게하는 고향의 뜨락이다.

소나기 마을 -문학기행

10월의 중순, 가을의 정취를 가슴으로 맞으려 문학기행을 떠난다. 강남문인회가 매년 주최하는 뜻깊은 행사로 남녀노소를 초월한 동아리, 글의 향기가 느껴지는 기행이다. 37명의 선배 문인들과 동료 문인 모두 하나가 되는 정겨운 웃음꽃이 여기저기서 들린다. 흐렸던 날씨와 아침 안개도 햇빛을 보여주는 쾌적한 가을 날씨로 우리를 기쁘게 했다. 차창 밖에는 파란 상록수와 더불어 빨갛게 노랗게 물든 단풍이 눈앞에 펼쳐지고 있다.

서울에서 멀지않은 양평군 서종면 〈소나기 마을〉황순원 문학촌으로 가는 길이다. 단편 소설 〈소나기〉속에 소녀가 '양평읍으로 이사 간다'는 말의 인연으로 양평에 〈소나기 마을 문학공원〉을 양평군과 경희대학이 지원하여 세운 곳이다.

단편소설 소나기는 86세 (1915년~2000년)에 타계한 황순원 작가의 대표작이다. 일생을 순수한 작가와 교수 생활로 보내신 분이다. 작가의 제자 중 한 사람이었던 안영 촌장은 작가의 특성을 간략하게 1. 순수 2. 절제 3. 국어사랑으로 요약하여 설명했다. 첫째 60여년의 작품 활동을 하면서 많은 문인을 배출하고 순수한 문학의 길을 걸으셨고. 둘째 작품을 과감하게 가지를 치고 다듬는 절제의 작품을 쓰셨다 한다. 과장된 수식이나 난해한 말이 절제된 작품, 우리 모두 읽고 싶은 책이리라 감동을 받았다. 셋째 국어 사랑으로 일본에서 영문학을 전공했으면서도 서울 고등학교에 국어 선생을 자청하였다는 말은 너무 감명 깊은 일이다.

작가는 1931년 〈동광〉에 시 〈나의 꿈〉, 〈아들아 무서워 말라〉 등을 발표하며 작품 활동을 시작했다. 이후 1934년 '삼사문학'동인으로 참가하면서 소설을 쓰기 시작했으며 1940년 단편집 '늪'을 간행한 이후 소설 창작에 주력했다.

작가는 아시아자유문학상, 예술원상, 3.1문학상, 인촌문학상 등을 수상했다 그리고 국어교사로 시작하여 경희대학교 국어국문학과 교수로 23년 6개월 동안 지내면서 많은 문인들을 배출해 냈으며 2000년 86세의 나이로 타계했다. 주요 작품으로 단편 〈별〉, 〈목넘이 마을의 개〉, 〈그늘〉, 〈기러기〉, 〈독짓는 늙은이〉, 〈소나기〉, 장편 〈카인의 후예〉, 〈나무들 비탈에 서다〉, 〈일월〉 등이 있고 〈황순원전집〉 12권이 간행되었다 모두 104편의 시, 104편의 단편, 1편의 중편, 7편의 장편소설을 남겼다.

작가는 학생시절 문예부장을 지낸 사모님과 연애결혼을 하였으며 사모는 지금도 96세로 생존해 계신다. 전쟁의 고비를 겪으시고 이사를 수 없이 하면서도 1930년대의 졸업장과 문학 작품 등 빠짐없이 간직하였던 유물이 전시된 것도 사모님의 남편 내조의 좋은 모습으로 보였다.

소나기마을 문학 공원은 자연환경이 아름다운 양평에 자연과 현대과학을 접목시켜 아름답게 조성되었다. 영상으로 작가의 일생을 볼 수 있고 현대적인 애니메이션도 볼 수 있는데 영상을 보면서 빗방울이 떨어지기도 하고 공원 마당에서는 하루 3번 뿌려지는 소나기 체험도 할 수 있었다. 광장에 수숫단을 세워 소나기를 피할 수 있는 조형물이 군데군데 있고 소나기가 내리면 작품 속에 소년 소녀가 된 기분으로 어른 아이 모두 즐거운 체험을 한다.

각박한 도시 생활에서 점점 잊혀져가는 아름다운 자연속의 옛 향수를 느껴보는 시간이었다. 서울에서 30분 거리에 있는 문학 테마파크로 국내 최대 더 나아가 세계 최대의 문학 마을이 될 것 같다. 가족과 함께 어린이들과 교육적인 나들이 문인들의 문학기행 등 문학촌은 활기찬 모습이다. 10월의 단풍이 아름다운 산책길을 걸으며 잠시 여유로운 마음의 쉼터가 되었다. 마음이 살찌는 풍요로운 날이었다.

안압지 야경에 취해본다 -환경교육 연수 여행

9월 하순 초가을의 정취에 마음껏 빠져보고 싶은 계절이다. 금년은 유난히도 길고 무더웠던 여름이 아니었던가. 아침저녁 싸한 바람이 뺨을 스친다. 어디론가 떠나고 싶은 문인들의 속내를 아셨는지 강남문협 회장님의 주선으로 원자력체험 여행을 하게 되었다. 나는 친분 있는 동료 문인 몇 사람에게 전화로 함께 갈 것을 약속하고 기쁜 마음으로 참석하게 되었다. 40명 정도 선배 문인들과 동료 일행은 1박 2일로 대전 원자력 연구원과 양동마을, 경주월성 원자력발전소, 경주 안압지, 남산등 문화 관광과 원자력 체험연수를 떠났다.

양재동에서 출발한 관광버스가 도심을 뒤로하고 톨게이트를 빠져나가면서 산과 들의 자연풍경속으로 질주하고 우리 일행은 가벼운 옷차림에 밝은 미소, 정겨운 대화로 여행의 기쁨을 나누고 있었다. 그러나 한가한 여정의 상념은 잠시 오늘의 여행 목적과 일정을 환경분야 전문이신 백기영 교수님의 해박한 지식의 열강을 듣게 되었다. 저탄소 녹색성장과 신재생 에너지 그리고 원자력 에너지에 대한 것이다. 우리가 평소에 잘 모르던 과학상식이었다.

대전 원자력연구원에 도착하여 듣게 된 강의는 더욱 진지했다. 원자력 에너지는 핵분열, 핵 융합시 발생하는 열로 전기를 만들어 내는 것이다. 원자력 에너지가 화석연료로 얻는 에너지보다 적은 비용으로 CO_2 발생이 적은 전력을 생산할 수 있다는 것이다. 그리고 현재 우리나라에서 사용하는 전력의 33%를 생산한다고 했다. 그러나 원자력 에너지의 부작용으로 방사능 발생, 방사선 폐기물 발생 등 환경에 악영향 문제가 있기 때문에 이에 대한 안전 관리 연구가 계속되어야 하고, 전기 없이 한 순간도 살 수 없는 현대 생활에서 원자력 발전의 필요성과 함께 신재생에너지 태양열 풍력 지열등을 이용할 수 있는 연구와 노력이 필요함을 더욱 절실하게 느끼게 했다.

연구원 식당에서 점심을 한 후 오후에는 유네스코 세계유산으로 지정된 양동 한옥마을을 둘러보았다. 위성 손씨와 여강 이씨 두 성씨를 중심으로 형성된 씨족 마을로 500년 넘게 대대로 살고 있는 유서 깊은 마을이다. 옛 풍경이 소박하게 느껴지는 마을이었다.

저녁에는 천년 신라의 유적 안압지 야경을 관광했다. 문무왕14년(674)에 인공으로 연못을 만들고 3개의 섬도 아름답게 만들어 맑은 물을 유지할 수 있도록 과학적인 물 흐름으로 조성했다는 것에 놀랐다. 그 시대의 부를 누렸던 귀족들의 향락의 상징을 짐작해 보았다.

안압지 야경
천년 왕국 신라의 문화
살아 숨쉬는 경주
안압지 야경 오색불빛이 찬란하다

섬세한 정각
배흘림 기둥의 아름다움

무지개 빛 단청
잔잔한 호수를 물들였구나

왕족 귀족들의 술잔이 오가고
왕비와 공주의 옷자락이
웃음 소리와 함께 나부기는 모습
용궁의 모습이런가 찬란한 신라의 밤이여

詩 「안압지」 전문

  하루 일정을 바쁘게 보내고 보문호숫가에 있는 콩고드 호텔에
서 문우들과 하룻밤을 즐겁게 쉬었다. 아침에는 전망이 아름답고
잔잔한 호수가 산책길을 걸으며 봄철 벚꽃의 아름다움을 상상해
보고 박목월 시인의 시비에서 「청노루」를 낭송해보고 문우들과 카
메라 앞에 포즈를 취해 보았다.
  오전에는 감포에 있는 월성원자력발전소 견학을 하면서 강의도
들었다. 원자력 발전을 하고 안전관리를 위해 수고하는 모든 분들
이 있기에 우리가 전기 에너지를 항상 쓸 수 있다는 것에 감사하
면서 에너지 절약에 관심을 가져야겠다는 다짐도 해 본다.
  살아 있는 박물관이라는 경주 남산으로 갔다. 장엄한 노송의 아
름다운 숲이 인상적이다. 거북이등 무늬로 된 나무기둥이 특이했
다. 몇 백 년의 세월에서 오는 현상으로 사진작가들이 이곳에서
좋은 작품을 촬영한다고 한다. 선덕여왕릉을 멀리 바라보고 아쉬
운 발걸음을 돌렸다.
  돌아가는 길에 「동리 · 목월 문학관」을 방문했다. 푸른 소나무가

정갈하게 서있고 대리석으로 세워진 문학관이었다. 경주 출생 문학가이며 우리 문학사에 큰 업적을 남기신 김동리 박목월 작가의 문학관이었다. 동리 작품 「무녀도」 「황토기」 「바위」 등과 목월작품 「청노루」 「나그네」 「산도화」 등의 작품을 접해보았다. 맑고 평화로운 자연 속에서 고향을 찾는 순수한 정서로 창작된 목월 작품들은 가장 압축된 시 형식으로 독자들을 사로잡는 매력이 있음을 되새겨보았다. 하늘이 말갛게 세수하고 다가오는 계절 잠시 자연 속에서 몸과 마음의 휴식을 갖고 또 첨단과학인 원자력 에너지에 대한 상식을 갖게 되는 문화관광으로 즐거운 여행이었다.

해남 땅끝마을 ―일가회원 탐방기―

　정두채, 김은숙 회원님이 경영하시는 은향다원에 탐방하기 위해 버스는 해남 땅끝마을을 향해 출발했다. 반짝이는 5월의 실록을 가슴으로 찾아가는 30명 회원들은 가벼운 옷차림으로 더욱 밝은 모습이었다. 그러나 회원탐방과 역사의 흔적을 따라 해남으로 가는 1000리 길은 결코 쉽지는 않았다. 석가탄일의 황금연휴로 고속도로는 주차장으로 이어져 출발 후 10시간 만에 오후 6시에 땅끝에 도착했다. 차 안에서 긴 시간은 이인호 화백과 오명도 교수님을 비롯한 모든 회원들의 재치있는 자기소개로 폭소와 탄성을 발하는 즐거운 시간이 되었다.

　땅끝 마을에 도착한 일행은 국토의 시발점 땅 끝을 밟기 위해 산책로 계단을 숨가쁘게 올라갔다. 국토 순례자의 일원이 된 듯 들뜬 마음으로 국토의 끝자락 토말탑에서 바다를 바라보며 회원들은 카메라 앞에 포즈를 취하였다. 하루의 피로가 바닷바람으로 씻어지는 상쾌한 순간이었다.

　반달의 달무리 은은히 비춰주는 은향다원의 뜨락에 들어섰다. 반갑게 맞아주는 정두채 회원님과 먼저 도착한 김정삼 회원님 내외분이 식사준비를 돕고 있었다. 바베큐 향이 가득한 가운데 유기농의 산채음식으로 풍성한 저녁식사를 즐겼다. 식사 후 별채의 다원에서 김은숙 은향다원 대표의 차 만들기 설명과 함께 쑥차와 녹차를 마시며 즐거운 대화의 시간을 갖았다.

　둘째 날 봄비가 내리는 정원은 더욱 싱그러웠다. 남도의 정취를 한껏 풍기는 종려나무 꽃이 능소화나무와 어울린 모습이 이채로 웠다. 또 싱그러운 반송과 연분홍 달맞이꽃이 정겨웠다.

아침 은향다원의 차향을 뒤로하고 고산 윤선도 유적지 녹우당을 탐방하였다. 고산은 1612년에 진사가 되고 성균관 유생으로서 수난의 길을 걷다가 안평대군의 사부가 되기도 하였으나 병자호란 후 향리에서 학문에 정진하였다. 완도, 보길도, 해남의 자연 속에서 조경문화와 국문학 발전에 큰 공을 세웠다. 산중별곡, 어부사시사, 오우가 등 불후의 명작을 남겼다. 녹우당 안채에는 현재 고산의 14대 증손이 살고 있으며 고택을 잘 관리 보존하고 있음을 볼 수 있었다. 녹우당 뒷산에 500년 된 비자림 숲과 대문 옆에 300년 된 해송의 우람한 모습이 경이로웠다.

다산 정약용의 유배생활을 하였던 다산 초당이 있는 강진으로 향했다. 다산은 200여년 전 순조1년 신유박해 때 18년간 유배생활을 하면서 11년간은 초당에 머물면서 후학을 가르치고 목민심서 경제유포를 비롯하여 500여권의 저서를 집필하였다. 다산은 실학을 집대성한 학자로 정치 과학 의학 등 모든 분야에 해박한 지식을 후세들에게 남겨주었다. 역사의 수난 속에 깊은 산속에서 차와 벗하며 밤늦도록 학문을 탐구했던 다산의 강인한 모습에 숙연함을 느꼈다. 일가회원 탐방을 하면서 역사의 흔적이 남아 있는 남도의 여행을 한 것은 나의 소중한 추억이 되었다.

올림픽 공원

시월 초순 유난히도 햇살이 눈부시고 파란 하늘에 흰 구름이 노년의 가슴을 설레게 한다. 어디론가 가을 나들이를 하고 싶다. 남편과 함께 부담 없이 갈 수 있는 곳 잠실에 있는 올림픽공원에 가기로 했다. 차로 30분이면 갈 수 있는 곳이고 마침 백제문화제가 열리고 있어 다양한 볼거리가 있을 듯 했다.

25년 전 88올림픽이 성공적으로 열렸던 이곳 올림픽 공원에 자주 오지 못한 아쉬움을 느끼며 남문 앞 광장에 들어섰다. 20여 년간 청청하게 자란 나무와 함께 아름답게 어우러진 경기장을 둘러보았다. 호수와 빨간 단풍으로 물든 전망은 시월의 아름다움을 한껏 뽐내는 듯했다.

어린이들과 함께 호돌이 열차를 탔다. 평화의 문에서부터 체조경기장, 핸드볼경기장, 올림픽테니스장 등을 비롯해 멀리 가족놀이동산 몽촌 역사관을 두루 볼 수 있는 빨간 열차였다. 노인이 되면 어린아이가 된다고 했던가 젊은이들 부부와 어린이들과 눈웃음으로 인사를 하고 먼 옛날을 회상해 보았다. 나이가 들면서 두꺼운 책 보다 가벼운 책, 그림이 있는 동화책에 더 매력이 가는 것을 보면 확실한 동심이 되는 것 같다.

공원 남문 쪽에 한성백제 박물관이 예술적인 감각으로 잘 지어져 있어 뜻밖에 박물관을 둘러보게 되었다. 개관한 지 1년 반이 되었다고 한다. 수도 서울이 고대 백제가 첫 수도로 세운 이래 현재까지 2천년의 역사가 흐르는 고도古都임을 알 수 있었다. 백제에 이어 한강을 차지한 고구려와 신라문화를 한성백제 박물관에서 알 수 있었다.

서울을 터전으로 나라를 세워 500년의 역사를 일군 백제 한성 시대의 다채로운 문화를 유물, 모형, 영상 등을 통해 볼 수 있었고 특히 풍납토성과 몽촌토성 모형, 백제의 배 모양을 통해 해상강국 백제의 기상을 느낄 수 있었다. 또 역동적이고 생동감 넘치는 최첨단 영사관을 보고 전망 좋은 편의 공간에서 식사도 즐길 수 있었다.

박물관을 뒤로하고 아름답고 쾌적한 들길을 지나 남1문 앞에 장미광장에 들어섰다. 장미 철이 지난 10월이었지만 갖가지 색의 장미꽃이 아름답게 피어 있었다. 황금색, 아이보리색으로부터 연분홍 흑장미까지 나의 눈길을 유혹했다. 5월부터 피기 시작한 장미라 생각하니 꽃의 여왕이라 찬사를 보내고 싶다. 내년에는 장미의 계절에 꼭 다시 오겠다고 약속을 해본다.

25년전 88올림픽이 성공적으로 이루어져 대한민국의 위상을 전 세계에 떨쳤던 이곳 올림픽 공원은 시민의 사랑을 받는 영원한 쉼터 교육의 장이 될 것이다

가족 여행

구정 연휴 가족 여행으로 수안보로 가는 길이다.

중부 내륙고속도로를 타고 괴산을 지나 수안보 한화콘도에서 일박할 예정으로 둘째 아들의 차를 동승하고 가고 있다. 쾌적한 날씨에 연휴 마지막 날의 하향 길은 고속도로에 차도 많지 않아 여유롭게 차가 달리고 있다.

여주 휴게소를 지나 중부내륙고속에 들어서니 충북 내륙의 산세가 예사롭지 않게 느껴진다. 먼 산의 설경과 자주 나오는 터널이 대자연 속으로 빨려 들어가는 느낌이다. 인근에 충주호와 단양팔경, 문경새재 그리고 물 맑고 신비한 괴석이 황홀한 손짓으로 사철 우리를 유혹하는 곳이다. 유난히도 눈이 많았던 금년 마지막 설경을 놓칠세라 발길을 재촉한 여행길이 아니었던가.

4남매 가정 모두 각기 살면서 주어진 삶의 책임으로 쉽게 모일 수 없었던 가족들의 모임이라 더욱 의미 있게 느껴졌다. 미국 유학중인 두 손자녀와 입시 준비에 시간이 나지 않는 가족을 제외한 5가정 13명의 여행길이다.

2시간 만에 수안보에 도착하여 향토 음식점에서 사 남매 가족들을 반갑게 만나고 산채백반으로 점심을 먹었다. 수수한 고향 냄새가 나는 식사시간이었다. 또 수안보 파크호텔 아름다운 설경의 산세와 수안보 시내가 바라보이는 카페에서 차를 마시며 정겨운 이야기꽃을 나누었다. 온천수에 몸을 담그고 여행의 피로와 긴장을 풀어보는 시간을 갖기도 했다.

저녁으로는 준비해온 음식으로 며느리와 딸들과 함께 음식을 준비했다. 미역국과 김치찌개 불고기와 전유어등 풍성한 저녁 만찬이었다. 식사 후 간단한 예배를 드리고 대화의 시간을 가지며 새해를 감사와 기쁨으로 살아갈 것을 다짐하는 시간도 갖었다.

4남매 가정 13식구의 세대별 윷놀이를 했다. 6팀으로 구성되어 웃음과 활기가 넘치는 윷놀이의 특성을 유감없이 느껴보는 시간이었다. 실력과 재주는 상관없이 흥을 돋우는 윷놀이는 가족놀이의 정을 나누기에 모자람이 없는 놀이인 듯하다. 한 해를 웃음으로 시작하는 화합의 장이였다.

상쾌한 아침 콘도 식당에서 간단한 식사를 마치고 이곳에서 가까운 명승지인 문경새재를 관광하기로 했다. 옛 선비들이 과거시험을 보러 한양으로 몇 날 며칠을 걸어서 갔다는 제1관문에서 시작되어 제3관문까지의 길이다. 문경새재 제1관문 주차장 앞에 차를 세우고 눈길을 걸으며 사방 산으로 둘러싸인 장엄한 풍광 속으로 걸어갔다. 영하의 날씨에도 햇살은 2월의 위상답게 따사롭게 느껴진다. 손녀의 손을 잡고 눈길을 걸어가며 상쾌한 추억을 만들었다.

아직은 겨울잠을 자는 월악산의 설경을 바라보면서 5월의 아름다운 풍경과 한여름의 시원한 계곡을 상상해본다. 다시 오고 싶은 곳 월악산을 뒤로하고 서울로 발길을 돌렸다. 괴산 휴게소에서 차와 간식으로 잠시 휴식을 취하며 가족여행의 즐거움을 다시 느껴보았다.

옛 선비의 전설이 숨어 있는
문경새재의 위세가 장엄하다

제 1관문 광장
손녀의 손을 잡고 눈길을 걷는다

선비들이 청운의 뜻을 품고
고뇌하며 걸었던 고갯길
둘러멘 봇짐 가슴으로 느껴본다

사방의 산세가 예사롭지 않다
기암괴석을 품고 있는 단양팔경
여행객의 발길을 멈추게 하고
7경 도담삼봉 앞에서
카메라 포즈도 취해본다

어머니의 기도

어머니는 이경직 목사님의 4남4녀중 딸로서는 장녀로 태어났다. 아들 셋을 낳으시고 낳은 딸이라 아버지의 특별한 사랑을 받으셨다고 이모님들을 통해 듣기도 했다.

외할아버지께서 북간도 용정에 계실 때 용정에서 명신여학교를 다니시고 한때 기숙사생활을 하셨다고 했다. 또 기숙사생활을 하면서 우리나라의 여류문학가로 시인으로 큰 업적을 남기신 모윤숙선생님을 사감 선생님으로 가까이 모시게 되었는데 모윤숙 선생님은 어머니의 자수 솜씨와 작문 실력을 크게 칭찬했다는 이야기를 이모님을 통해 들었다. 미약하지만 오늘 내가 시인으로 수필가로 활동을 하는 것도 어머니의 소질을 조금은 닮은 것이 아닌가 생각해 본다. 차분한 성격에 학교생활에 충실했던 어머니는 주위 사람들로부터 칭찬을 받으며 꿈을 키웠던 여학교 시절이 가장 즐거웠다고 옛날을 회상하시는 말씀을 나에게 자주 하셨다.

어머니는 혼기를 앞두고 부모님의 사윗감 선택의 기준이 너무 컸던지 혼기가 늦어지고 늦은 나이에 의외로 불신자 가정에 출가하면서 많은 역경과 시련을 겪게 되었다. 드디어 나 하나를 낳고 남편과 사별하는 불행한 결혼 생활이었다. 나는 그 때의 슬픔을 회상하시는 어머님의 말씀을 들을 때 목이 메인 때가 있었다. 어머니는 시간과 장소가 허락하는 때마다 나의 장래에 대한 간절한 기도를 하셨다는 것을 외할머님을 통하여 듣기도 했다.

특히 나의 결혼을 앞두고 신앙을 소유한 착실한 사람을 딸의 배

우자로 선택하겠다는 어머님의 기도는 더욱 간절했다. 어머니의 기도는 헛되지 않았던지 교회에서 그이를 보고 전도사님으로부터 소개를 받은 후 나와(서울에서 대학재학 중) 그이(해군법무관)에게 간곡한 편지를 보내고 본인들 이상으로 열을 올리신 것이 우리가 결혼을 하게 된 인연이 된 것이다.

나는 모태 신앙인으로서 중고등학생 때부터 열심히 교회생활을 했지만 성령 체험이 없는 습관적인 신앙생활을 하고 있었다. 결혼을 앞두고 나의 생활을 돌아볼 때 신앙 면에서 피동적이고 연약한 처지에 머물러 있었다. 남편의 뚜렷한 신앙의 지도가 없었더라면 나 자신도 넘어지지나 않았을까 하는 상념에 잠길 때가 있었다. 하지만 어머님의 기도로 나는 이제 넘어질 수 없는 반석 위에 나의 삶의 터전이 잡힌 것을 생각할 때 하나님께 감사 또 감사드린다.

나의 실낱같은 믿음을 자라게 하신 하나님을 의지하여 나는 어떠한 문제와 난관에 부딪쳤을 때 주님께 기도하게 되었다. 또 기쁜 일을 당할 때 감사하며 슬픔이 있을 때 위로를 구하는 생활이 되었다. 또 50년이 지나도록 한 교회(장충단 성결교회)를 섬기면서 권사로 믿음의 어머니로 살려고 노력했다. 여전도 연합회장과 최경애전도사 장학회 위원장으로 봉사했고 월간 〈신앙세계〉 후원회 회장을 하면서 작은 섬김의 생활을 했다. 그리고 노년에 문학에 관심을 갖으면서 60세에 수필가와 시인으로 등단하여 수필집과 시집 5권을 출간했다. 교우들과 가족 친지들에게 선물하면서 고귀한 신앙 정신이 풍겨나는 아름다운 정서를 독자들에게 전하는 계기가 되기도 했다.

남편 김상원 장로는 서울 농과대학 출신으로 법조계 대법관까지 하면서 연구하고 노력하는 법조인의 모범을 보였다. 고려대, 건국대, 호서대, 한남대 등 대학 강단에 서기도 하고 많은 연구 서적을 펴내 학자생활을 했으며 그 공로를 인정받아 법률 문화상과 명예 법학박사학위를 받았다. 또한 법조계 일선에서 물러난 후 교도소 선교를 위한 기독교 세진회와 가나안 농군학교를 세우신 고 김용기 장로님의 기념사업인 일가재단 이사장을 했으며 어린이재단, 도덕재무장, 자연환경국민신탁 등 책임을 맡아 봉사와 섬김의 생활을 했다. 최근에는 한국 기독교화해중재원을 발족하여 초대 원장을 하면서 기독교인의 법적 분쟁을 화해로써 인도하는 화평의 사역을 위해 봉사하고 있다.

　평소에 꿈이었던 인재 양성을 위한 "상천장학재단"(남편 이름 첫 자 상과 나의 이름 끝 자 천)을 설립하면서 아끼며 모아온 사재를 출연하여 유산으로 남기게 되었다. 희수를 맞아 금년에 첫 번째 장학금을 모교인 농업고등학교와 서울대와 대학원생 12명에게 전달했다. 시작은 미약하지만 앞으로 더 키워 자손 대대까지 장학사업에 힘쓸 것을 다짐하며 기대하고 있다.

　주님께서는 나에게 2남 2녀의 자녀의 축복을 주시고 아홉 손자녀와 함께 열아홉 명의 가족으로 창대케 하셨다. 무엇보다 4남매 가정 모두 모범적인 신앙인으로 교회를 잘 섬기며 살고 있다. 법조계와 교계에서 뚜렷한 족적을 남긴 대법관을 역임한 남편, 김상원 장로와 장남 김주현 장로(변호사) 차남 김주영 집사(변호사)를 비롯하여 두 사위와 딸, 며느리 모두 장로와 권사 집사로 교회에 충성하고 있다. 부족한 나를 오늘의 삶의 터전으로 인도하신 하나님께 감사와 영광을 돌린다.

외조부모이신 이경직 목사님과 이마리아 전도사님의 신앙의 삼 대손으로 긍지를 느끼며 어머니 이사라 권사님의 기도의 열매라 믿으며 감사한다. 하나님께서 주신 은혜, 어머니로부터 받은 기 도, 이제부터 나 자신의 강해짐과 함께 아내로서 어머니로서 할머 니로서 간절한 기도를 할 때라 생각한다.

어머니의 기도를 응답하신 하나님! 나의 기도를 들으시고 주의 뜻 안에서 이루어 주실 것을 확신하며 하나님께 감사와 영광을 드 린다

사모님 영전에

유난히도 긴 겨울을 보내기가 아쉬운 듯 하얀 눈이 흩날리며 하얗게 대지를 덮어 주던 날 봄의 문턱에서 사랑하는 사모님 어인 일로 이처럼 빨리 가셨나요.

기나긴 겨울도 잘 견디셨던 존경하는 정음전 사모님 그처럼 아끼고 사랑하던 목사님, 아드님, 따님, 가족들, 사랑의 손을 어찌 놓으라 하십니까. 빛의 길을 따라 눈 꽃송이처럼 날아가신 사모님, 텅빈 가슴 무엇으로 채워야 합니까. 항상 기도하며 하늘나라를 소망하셨던 사모님, 그렇게 빨리 가시려고 바쁘게 준비하셨던가요 하늘이 무너지는 슬픔 어찌해야 합니까.

먼 옛날 사모님을 처음 뵈었던 일이 아름다운 흑백영상으로 떠오르고 있습니다 목사님의 유학시절 최경애 전도사님께서 장충단 교회에서 시무하실 때 전도사님의 며느리로서 가난한 삶을 지혜롭게 꾸려가시며 성도들에게 사랑을 베푸시고 교회 뜨락을 꽃으로 가꾸시고 단칸방을 교우들의 사랑방으로 풍요롭게 돌봐주시던 일 잊을 수가 없군요.

조종남 목사님께서 신학대학에 학장님으로 재임하실 때 사모님께서는 정음전 권사의 이름을 수줍은 듯 감추시고 목사님의 이름 뒤에 숨어서 일생을 기도의 무릎을 쉬지 않고 기도의 후원자로서 목사님의 든든한 동역자가 되셨지요. 가난에 처할 때나 부에 처할 때에 일체의 삶의 비밀을 알게 하신 말씀에 따라 성도들에게 위로를 주신 사모님. 그동안 사모님과 함께한 시간 행복했습니다.

요즈음 노후의 여윈 몸으로도 항상 단정한 모습으로 우리에게 손을 잡아주시고 웃으시면 우리의 가슴은 이내 뜨거운 사랑을 느낄 수 있었지요. 자신을 감추시고 목사님을 내조하시며 애틋한 딸의 보살핌에 감사하며 쉬지 않고 기도하는 아내와 어머니의 모습으로 모본이 되셨지요.

　지난해 김상원 장로 희수 기념예배에서 진정어린 기쁨으로 축하해주시고 88미수 기념예배도 보셔야 한다고 하셨는데 이처럼 빨리 떠나시다니요. 천국의 소망을 너무 좋아하셨던 사모님 하나님의 품에서 기쁨으로 목사님과 가족들을 위해 기도하실 것을 믿으며 위로를 받습니다.

　슬픔도 아픔도 없는 천국에서 모든 시름 놓으시고 주님 품안에 참 평안을 누리시기 기원합니다. 가시는 길에 육정의 서러움을 가슴에 품고 삼가 추모시를 드립니다.

　　　하얀 눈 꽃송이 춤을 추며 내리던 날
　　　눈 꽃송이처럼 사라진 다정한 숨결
　　　흑백 영상의 미소
　　　허공을 울리는 익숙한 목소리 가슴을 적십니다

　　　미소 짓는 영정 앞에
　　　한 송이 국화꽃을 드리며
　　　모든 사람을 겸손과 사랑으로 품어주고
　　　위로와 용기를 주셨던 사모님
　　　이슬 맺힌 눈으로 바라봅니다

보내드리기엔 너무 아쉬운
연민의 정 달래려고
소망의 끈을 잡고 눈물을 삼키며
천국 개선가를 불러봅니다

흐르는 강물에 반짝이는 햇살
소중한 인연은
하늘의 별빛으로 반짝입니다

詩 「정음전 권사님 추모시」 전문

삼성동 집 뜰에서

뿌리 깊은 신앙심으로 이룩한 거울 같은 삶

지연희 ㅣ시인, 수필가

뿌리 깊은 신앙심으로 이룩한 거울 같은 삶

지연희 (시인, 수필가)

박금천 작가는 시인이며 수필가이다. 근 20년 가까운 시간의 창작 활동 중에 오늘 다섯 번째 작품집 시 60편과 11편의 수필을 묶어 2014년의 봄날을 장식하고 있다. 박 시인의 문학세계는 모태신앙의 뿌리 깊은 기독교 정신으로부터 짚을 수 있을 것이다. 4남매를 훌륭히 성장시켜 아홉 손자 손녀를 얻고 충실하게 성스러운 가정을 이룩한 가족으로, 모두 장로, 권사, 집사의 사역을 다하고 있다. 이 모든 성과는 깊은 신앙심을 삶의 바탕에 둔 열정으로부터 이어온 믿음이다. 50년이 넘도록 한 교회(장충단 성결교회)를 다니고 있는 진중함 또한 박 시인의 문학작품에서도 드러나지만 평생 사회와 이웃을 향한 봉사로 하나님의 사랑을 실천하는 변함없는 성품으로 시작된다. 물론 대법관을 역임하신 남편 김상원 변호사의 동반자적 걸음에서 분리될 수 없는 삶의 동행이지만 박시인의 문학의 근저根底에는 목화솜처럼 부드러운 뿌리 깊은 사랑이 흐른다.

솔잎 향기 사이로
햇살 한 줌 내려앉는다
어머니의 얼레빗처럼
성글한 햇살
마음을 쓸어 빗어준다

햇살 한 줌 풀잎에 앉으면

풀잎이 춤추고
햇살 한 줌 꽃밭에 앉으면
꽃잎이 웃는다

바닷물에 내려앉은 햇살
은빛으로 춤춘다
무거운 어깨에 내려앉은 햇살
따듯한 애무
상한 마음 살며시 미소 짓는다

시 「햇살」 전문

반짝이는 감나무 잎 사이로
숨바꼭질 하듯
바람이 일렁이고
따스한 햇살로
세수한 초록의 얼굴
단장한 여인처럼 미소 짓네요

자색 모란 꽃잎을 열어
녹색 뜨락에 불 밝히고
빨간 베고니아 꽃잎
여인의 입술처럼 앙증스러워
6월의 뜨락에 취하네요

먼 옛날 그때를 추억하며

파란 하늘 하얀 구름 따라
어느새
어머니의 뒷모습 아른거리는
오색 채송화 방끗 웃는
고향 뜨락에 서 있네요

시 「6월의 뜨락」 전문

　네 번째 작품집 「詩가 있는 여정」에 이은 이번 작품집 「詩가 있는 뜨락」에는 60편의 시가 주를 이루고 있다. 「詩가 있는 여정」은 여행의 노정에 놓여진 의미들에 시선을 모은 감상(기행문)들이 많았다면, 「詩가 있는 뜨락」은 뜨락이라는 고정된 공간에서 자연과 만나는 감의의 움직임이 아름다운 정서를 그려내고 있다. 예컨대 '솔잎 향기 사이로/햇살 한줌 내려앉는다'고 하는 뜰이라는 배경의 향기롭거나 따사롭다는 미시적인 대상을 통하여 감미로운 정서를 끌어낸다는 것이다. 나아가 성글한 햇살은 어머니의 얼레빗처럼 마음을 쓸어 빗어준다는 어머니의 마음으로 육화된 햇살의 존재와 만날 수 있다. 시 「햇살」은 긴 여행길에서 돌아와 오롯이 뜰에 나와 앉아 자연의 유희에 동화된 여인의 환한 얼굴을 연상하게 한다. '무거운 어깨에 내려앉은 햇살/따듯한 애무/상한 마음 살며시 미소 짓는다' 는 안식이며 평화이다.

　시 「6월의 뜨락」에서도 햇살은 고향 어머니를 부르고 있다. 반짝이는 감나무 잎 사이로 숨바꼭질 하듯 바람이 일렁거릴 때 햇살은 낯을 씻은 초록의 잎새들 위에서 단장한 여인처럼 미소 짓는다. 위의 시 '햇살'의 정서는 꽃을 피우는 봄에서 초하의 시간을 흘러와 6월의 뜨락에 닿고 있다. 모란 꽃잎을 피우고, 여인의 앙증스러운 입술 같은 빨간 베고니아 꽃잎 위에 앉아 6월의 뜨락을 취하게 한다는 것이다. 그러나 햇살은 단순히 감나무 초록 잎새 위에서 단장한 여인처럼 미소 짓는 게 아니고 모란 꽃잎을 피우고 베고니아 꽃을 피워 먼 옛날의 추억 속 어머니 뒷모습 아른거리는 고향의 뜨락으로 달려가게 한다. '먼 옛날 그때를 추억하며/파란 하늘 하얀 구름 따라/어느새/어머니의 뒷모습 아른거리는/오색 채송화 방긋 웃는/고향 뜨락에 서 있네요' 궁극적으로 햇살은 어머니를 부르는 마중물이 되어 6월의 뜨락에 존재하고 있다. 아름다운 추억의 길을 밝히고 있다.

구비 구비 산모롱이 걸어온 길
때로 어둡고 힘들었을 때
손잡아 주시던 손길
좋으신 아버지
참 나의 아버지셨네요

미련한 나에게 깨우쳐 주시고
나약한 믿음에 긍휼을 베풀어
은혜의 끈으로 묶어 주셨네요

지나간 발걸음 자국마다
아버지 사랑과 은혜
푸른 풀밭에 누이시고
쉴 만한 물가로 인도 하셨네요

감사의 눈물 흘립니다
값없이 베풀어주신 은혜

자비의 손길 참 은혜였네요

시 「은혜」 전문

알고 지은 죄 모르고 지은 죄
눈물로 회개합니다
거짓의 옷 벗고
참 진리 정직의 옷을 입고
은혜의 주님 가슴에 모십니다
내 힘만으로 살 수 없는 연약함을 고백합니다

사랑의 주님
오늘 내가 있음은
주님 사랑의 인도하심이었습니다
감사와 찬양으로 살기 원합니다

오늘도 새날을 허락하신 주님
주님과 동행하며 주님의 영광을 나타나게 하소서
항상 기뻐하며 쉬지 말고 기도하며
범사에 감사하게 하소서

시 「기도」 전문

몇 번 박 시인의 가족들과 상면한 적이 있다. 문파문학 행사 중 합동출판기념회에서이다. 한결같은 겸손하고 평화로운 모습으로 어머니의 시집출간을 축하하기 위해 참석한 4남매는 배후자들과 함께 축가를 불러주었다. 무대에 오른 가족들의 화음은 그 모습만으로도 조화롭게 아름다음의 절정을 보여주었다. 몇 곡의 노래는 조용한 기도이며 기도의 은혜인 듯싶었다. 피아노를 전공한 딸과 며느리, 아버지의 대를 이은 변호사 두 아들 사위가 함께한 합창은 박 시인의 삶 속 믿음의 씨앗으로 발아시킨 참가정의 증거를 답하는 듯 했다. '미련한 나에게 깨우쳐 주시고/나약한 믿음에 긍휼을 베풀어/은혜의 끈으로 묶어 주셨네요//지나간 발걸음 자국마다/아버지 사랑과 은혜/푸른 풀밭에 누이시고/쉴 만한 물가로 인도도 하셨네요' 라고 하는 '아버지(하나님)'은혜에 대한 응답의 시다. 구비 구비 산모롱이 같은 힘겨움의 나날들이 때로는 어둡고 힘들었지만 늘 손잡아 베풀어 주신 '아버지(절대자)'은혜에 감사드리는 신심의 발현이었다.

　기도는 어떤 종교를 신앙으로 지녔더라도 신자라면 절대자를 향한 믿음으로 발로된 기원祈願이며 그 기도가 은총으로 답하여지기를 믿고 드리는 구원의지이다. 인간으로의 나약하고 무력한 나를 받치어 은혜롭게 회복되어지는 평안이며 안식이다. 간혹 내 능력에 가당치 않는 일이 이루어지고 알 수 없는 기쁨으로 충만한 은혜를 깨닫게 될 때 기도는 회개이며, 고백이며, 찬양이다. 박금천 시인처럼 신실한 기독교 신앙심을 지닌 신자들이라면 시「기도」는 일상의 중심 속에서 동행한다는 생각이 든다. '알고 지은 죄 모르고 지은 죄/눈물로 회개합니다' '주님 사랑으로 인도하심/감사와 찬양으로 살기 원합니다' '항상 기뻐하며 쉬지 말고 기도하며/범사에 감사하게 하소서'라며 회개하고 찬양하고 감사하는 이 시는 쉬지 말고 기도하여 범사에 감사하라는 데 초점을 둔다. 결국은 참다운 기독교 사랑의 말씀을 실천하고 나를 구원하고자 하는 염원의 도구가 기도라는 것을 시「기도」는 들려준다.

섬과 섬 사이
손잡고 있는 다리
숲과 숲 사이
숨어 있는 작은 호수들
새들도 잠자는 듯
호젓한 산책길을 걷는다

조금은 차가워진
그이의 손을 잡고
체온을 나누며 걷는다

정겨운 말 없어도
가슴이 차오르고
휘청이는 발길
든든한 지팡이를 잡은 듯
힘을 얻는다

그이와 함께 걷는 길
호수의 물결
잔잔히 찰싹이고
우유 빛 안개구름처럼
밀려오는 옛 추억의 밀어
이것이 행복이려니
그이와 함께 걷는다

시「그이와 함께 걷는 길 – 오누마 호수에서」 전문

모두가 잠이 든 새벽
달빛으로 잠이 깨었다

아무도 보아주지 않는 하현
가는 길이 서러워 움츠렸을까
여윈 얼굴로 나를 찾는다

나는 네가 있어 외롭지 않다
마지막 정열을 뽑아내는
은빛으로 가슴 적신다

심장에 모닥불 피우고
작은 속삭임으로 편지를 쓴다

시 「새벽달」 전문

「그이와 함께 걷는 길-오누마 호수에서」를 감상하면 노년의 부부가 고요가 짙은 호숫가를 두 손을 잡고 걷는 평화로운 모습이 클로즈업된다. 금혼의 저 깊은 시간을 함께하며 그 시간 속에 묻은 부부의 신뢰가 이룩한 결실이지 싶다. '아지랑이 같은 꿈속에서 설레는 가슴으로 떨기도 하고, 가시밭에 백합처럼 조심스레 걸어와 어설픈 사랑으로 눈물짓기도 하였지만 넘치는 사랑의 결실에 기뻐하기도 하였다(시 금혼을 맞으며 중에서)'고 한다. 반백 년을 함께한 부부의 지난 세월을 뒤돌아보고 있는 박금천 시인은 남편을 인연으로 만나던 일과 삶의 고단했던 시절도 다 감사하고 아름답다고 한다. 이는 '꿈길 같은 반세기 금혼의 축복/풍성한 열매를 주셨으니'라고 하는 주님이 함께하여 은혜로 입은 결과물이라는

것이다. '조금은 차가워진/그이의 손을 잡고/체온을 나누며 걷는다//정
겨운 말 없어도/가슴이 차오르고/휘청이는 발길/든든한 지팡이를 잡은
듯/힘을 얻는다'는 시 「그이와 함께 걷는 길」은 남편에 대한 존경과 믿음
이 이룩한 평화와 안식인 것이다.

　시 「새벽달」은 박금천 시인이 2008년 10월 문파문학시인들과 일본 동
경 세다가야 문학관을 방문하여 한국문화를 사랑하는 일본 사람들과 시
낭송 및 전통한복과 궁중의상 쇼, 일본 기모노 쇼 행사에서 낭송한 시이
다. 한국과 일본을 오가며 시를 사랑하는 사람들과의 교류는 양국의 문
화를 익히고 이해하는 데 큰 교량 역할을 했다고 본다. 시 새벽달은 한국
어로 일본어로 낭송되어 우리 시어의 리듬과 은유의 깊이를 유감없이 보
여주었다. '모두가 잠이 든 새벽/달빛으로 잠이 깨었다'는 첫 연의 의미
는 달빛의 아름다움을 상상할 수 있을 만큼 언어 이면에 숨은 여백의 미
를 감각하게 하는 묘미가 있다. 달빛이 얼마나 아름답기에 잠까지 깨워
낼 수 있을 것인가에 대한 상상이다. '가는 길이 서러워 움츠렸을까/여윈
얼굴로 나를 찾는다'라든지 '마지막 정열을 뽑아내는/은빛으로 가슴 적신
다', '심장에 모닥불 피우고/작은 속삭임으로 편지를 쓴다'는 감각적 이미
지들은 탄탄한 생명력으로 이 시를 돋보이게 한다.

　　　찬란한 추억의 흔적
　　　갈 길을 재촉하는 빨간 단풍잎
　　　떠나기 아쉬운 듯 파르르 떨고 있다

　　　장엄한 느티나무
　　　한해살이 나이테를 남기고
　　　싸늘한 바람에 갈색 낙엽 흩날리며

손들고 침묵하고 있다

산과 들 자연이 숨 쉬는 화양계곡
병풍처럼 둘러선
한 폭의 동양화를 바라보며
바스락 바스락 낙엽 길을 걷는다

발걸음 따라 낙엽의 애무
애처로운 몸짓
바스락 바스락
잔잔히 멀어져가는 생명의 소리
소진하는 생명의 소리 듣는다

시 「낙엽 길을 걸으며」 전문

박금천 시인의 그간의 시력詩歷을 보면 자연친화적 걸음을 기반으로 꽃과 나무 바람과 새 논과 밭의 농촌 풍경에 시선을 모은 총괄적인 인상을 만나게 된다. 물론 이 같은 시선들도 기독교 신앙심의 범주에서 벗어나지 않고 있다. 박 시인의 시안詩眼이 머무는 공간은 경기도 이천 고향에 자리 잡고 있는 「산촌농원」을 중심으로 체득한 심경이다. 이곳은 낡은 본관을 헐어 지은 단아한 2층 집으로 정원이 보이고 연못 주변에 두 점의 시비詩碑를 만나게 된다. 2층 죽당헌竹堂軒의 주인인 남편 김상원 변호사와 아들과 딸의 배필들이 세워준 기념비이다. 위의 시 「낙엽 길을 걸으며」의 공간도 이곳 산촌농원이 잇대어진 낙엽 길이지 싶다. 느티나무가 나이테를 더하고 갈색 낙엽 흩날리며 손들고 침묵하고 있다. '산과 들 자연이 숨 쉬는 화양계곡/병풍처럼 둘러선/한 폭의 동양화를 바라보며/바

'스락 바스락 낙엽 길을 걷는다'는 시인의 고즈넉한 모습이 자연과 동화되어 한 폭의 그림을 그리고 있다.

나는 30년이 넘게 아이들과 함께 살아온 단독주택에서 남편과 노년의 생활을 지내고 있다. 현대 감각으로 지은 아파트나 새집으로 이사 가고 싶은 마음도 있었지만 그동안 살아온 정 때문에 이사 가는 용기를 내지 못하고 약간의 수리를 해가며 살고 있다. 아이들이 모두 떠난 넓은 집은 나에게 분에 넘치는 호사를 하는 것 같기도 하다. 추운 겨울 특히 요사이같이 눈이 오고 한파가 계속되는 계절이면 외출을 삼가고 집에서 있을 때가 많다. 답답하고 무료한 생활이라 할 수도 있지만 혼자 있는 이 시간을 즐기는 편이다.

집안의 잡다한 일을 하면서 라디오에서 흘러나오는 클래식 F.M을 잘 듣는다. 나의 일에 방해 없이 흘러나오는 잔잔한 음악이다. 귀에 익은 비발디 사계 바이올린 협주곡이 흘러나오면 한겨울 농장의 벽난로가 생각나고 또 봄의 활기가 느껴진다. 연이어 그리그의 「페르퀸트」 조곡 중 아침이 흘러나온다. 십여 년 전 노르웨이 여행 중 노르웨이의 제2의 도시 베르겐에서 포석이 깔린 길을 걷기도 했다. 과거와 현재가 조화된 아름다운 도시, 해안가 작가의 생가에서 보았던 소박한 작곡실이 떠오른다. 국민음악가 그리그는 이 음악에서 조용한 아침에 태양이 떠오르는 것을 묘사한 것이라 한다.

수필 「한파 속의 작은 여유」 중에서

주님께서는 나에게 2남 2녀 자녀의 축복을 주시고 아홉 손자 손녀와 함께 열아홉 명의 가족으로 창대케 하셨다. 무엇보다 4남매가

정 모두 모범적인 신앙인으로 교회를 잘 섬기며 살고 있다. 법조계와 교계에서 뚜렷한 족적을 남긴 대법관을 역임한 남편, 김상원 장로와 장남 김주현 장로(변호사) 차남 김주영 집사(변호사)를 비롯하여 두 사위와 딸, 며느리 모두 장로와 권사 집사로 교회에 충성하고 있다. 부족한 나를 오늘의 삶의 터전으로 인도하신 하나님께 감사와 영광을 돌린다.

외조부모이신 이경직 목사님과 이마리아 전도사님의 신앙의 삼대 손으로 긍지를 느끼며 어머니 이사라 권사님의 기도의 열매라 믿으며 감사한다. 하나님께서 주신 은혜, 어머니로부터 받은 기도, 이제부터 나 자신의 강해짐과 함께 아내로서 어머니로서 할머니로서 간절한 기도를 할 때라 생각한다. 어머니의 기도를 응답하신 하나님! 나의 기도를 들으시고 주의 뜻 안에서 이루어 주실 것을 확신하며 하나님께 감사와 영광을 드린다.

수필 「어머니의 기도」 중에서

수필은 작가의 내면의 세계와 실존하는 삶의 세부적이며 구체적인 부분까지 제시하는 문학 장르이다. 때문에 수필문학은 실오라기도 걸치지 않은 알몸의 나를 보여주는 진실한 나와 대면하게 되는 어려움이 있다. 하지만 독자는 이처럼 문장 문장으로 해체된 이야기 문학이 전하는 생명력 넘치는 숨결의 진실한 소통을 통하여 공감대를 넓히는 것이다. 박금천 수필가는 수필 「한파 속의 작은 여유」와 수필 「어머니의 기도」를 통하여 시문학에서 드러내지 못한 생활의 이면들을 이야기로 풀어내어 감동하게 한다.

수필 「한파 속의 작은 여유」는 꽁꽁 얼어붙는 한파 속에서 음악을 감상하거나 TV를 시청하며 추위를 견디는 작은 여유를 말하고 있다. 대문

밖의 소식은 연일 계속되는 영하 10도 이하의 한파로 도로가 얼어 교통 문제가 생기고 농촌에서도 시설 농가의 피해가 따른다는 뉴스가 시간마다 들리고 있다. 또한 비닐하우스 안 딸기가 얼고 녹색 야채가 성장을 멈추고 서민들은 눈과 한파에 대한 원망과 불평의 소리가 높다. 이 가슴 얼어붙는 겨울 아침 '집안의 잡다한 일을 하면서 라디오에서 흘러나오는 클래식 F.M을 잘 듣는다. 나의 일에 방해 없이 흘러나오는 잔잔한 음악이다. 귀에 익은 비발디 사계 바이올린 협주곡이 흘러나오면 한겨울 농장의 벽난로가 생각나고 또 봄의 활기가 느껴진다.'는 것이다. 한파 속 얼어붙은 마음을 달래는 작은 여유가 독자의 헝클어진 마음도 풀어낼 만큼 공감하게 한다. 잡다한 집안일을 하면서도 느낄 수 있는 작가의 넉넉한 성품이 투시되는 수필이다.

수필 「어머니의 기도」는 딸의 행복을 위해 기도의 삶을 사셨던 어머니와 외할아버지(이경직목사)의 생애를 회상하고 남편 김상원 변호사를 만나 오늘에 이르기까지의 삶을 순차적으로 펼쳐내는 수필이다. 그 삶의 여정 속에 어머니의 기도는 오직 딸의 장래를 희망으로 열어주는 바람이었다. 어머니의 기도 덕분에 훌륭한 남편을 만나 자식을 낳고 기독교 신앙인으로 열매를 맺을 수 있었다는 과정이 상세하게 펼쳐진다. 무엇보다 가족 모두가 어려운 이웃을 위해 봉사하며 살아온 시간들은 많은 독자들에게 귀감이 되리라는 생각을 한다. 친정 어머니는 신앙심이 투철한 사위를 원하셨고 어머니의 딸과 사위는 평생을 어머니의 뜻을 지키며 살아온 삶에 감사하는 수필이다. 짧은 매수의 수필이지만 77세(희수)에 닿기까지 자신의 일생이 담겨진 축약된 자서전 같은 이야기이어서 박금천 작가를 조명할 수 있는 큰 사료가 된다는 생각이다.

한 작가의 삶과 문학은 사후 수많은 후학들에 의해 조명되어진다. 그가 지녔던 정신과 그가 살았던 삶 속에서 어떤 작품이 생산되었는가를 비교 대조하게 되고 그의 작품들이 던지는 메시지를 분석하려 한다. 그런 관점에서 바라보면 수필문학은 매우 섬세하게 기록된 자신의 삶을 다루고 있어 평자들에겐 주목되는 문학 장르이다. 수필과 시를 문학 수업의 중심에 두고 다섯 권의 작품집을 생산하는 박금천 시인이며 수필가에게 큰 축하를 드리지 않을 수 없다. 적지 않은 연치를 살면서도 문학에 대한 열정이 커 이룩한 성과이다. 100세 시대를 살아야 하고 아직도 현역 시인으로 계시는 96세 노시인을 생각하면 아직 20년은 더 창작에 몰두하실 것 같아 박 시인의 후속 작품을 기대하지 않을 수 없다.

시가 있는 뜨락

박금천 작품집